백야·우스운 자의 꿈

러시아 고전산책 01

백야 · 우스운 자의 꿈

초판 1쇄 발행일 2000년 4월 5일
개정판 1쇄 발행일 2011년 4월 20일 | **개정판 3쇄 발행일** 2019년 4월 9일

지은이 표도르 도스토옙스키 | **옮긴이** 고일 | **펴낸이** 박진숙 | **펴낸곳** 작가정신
편집 황민지 | **디자인** 용석재
마케팅 김미숙 | **홍보** 박중혁 | **디지털 콘텐츠** 김영란 | **재무** 윤미경
인쇄·제본 한영문화사

주소 (10881) 경기도 파주시 문발로 314
전화 031 955 6230 | **팩스** 031 944 2858 | **이메일** editor@jakka.co.kr
블로그 blog.naver.com/jakkapub | **페이스북** facebook.com/jakkajungsin
인스타그램 instagram.com/jakkajungsin | **출판등록** 제406-2012-000021호

ISBN 978-89-7288-392-0 03890

백야 · 우스운 자의 꿈

표도르 도스토옙스키 지음 | 고일 옮김

Белые ночи · Сон смешного человека

Фёдор М. Достоевский

작가
정신

일러두기

1. 이 책은 **Ф. М. Достоевский. Сбор. соч. в 10. тт.** (**Москва** : 1958) 중 제2권의 「백야 **Белые ночи**」, 제10권의 「우스운 자의 꿈 **Сон смешного человека**」을 온전히 옮긴 것이다.
2. 각주는 모두 옮긴이 주다.

차례

백야 007
우스운 자의 꿈 117

역자 후기 161
도스토옙스키 연보 166

백야.

"비록 순간일망정 그가 존재했던 것은
정녕 그대의 심장과 함께하고파서가 아니었는지……." *

-이반 투르게네프

* 19세기 러시아 소설가인 투르게네프의 시 「꽃」에서 인용한 구절로 도스토옙스키가 약간 변형 시켰음.

첫 번째 밤

이 글을 읽는 이여, 그날 밤은 정말 아름다운 밤이었습니다. 어쩌면 우리가 보다 젊었을 때나 경험할 수 있었던 그런 밤이었는지도 모르겠습니다. 맑은 밤하늘엔 별이 총총히 빛나고……. 그런 하늘을 바라보며 나는 묻지 않을 수 없었습니다. '어떻게 이런 하늘 아래 못되고 변덕스러운 인간들이 살 수 있을까?' 하고 말입니다. 이 글을 읽는 이여, 이런 의문은 사실 참으로 순진한 질문이지요. 그런데 문제는 그런 의문이 너무도 자주 든다는 것입니다. 못되고 변덕스러운 인간들에 대해 얘기하면서 나는 오늘 하루 종일 내가 보인 품위 있는 행동에 대해 말하지 않을 수 없습니다.

꼭두새벽부터 나는 알 수 없는 우울증에 시달려야 했습니다. 그러잖아도 외톨이인 나를 모든 사람들이 버리고 기피한다는 생각이 느닷없이 들더라고요. '모든 사람들'이라니? 그렇습니다. 페테르부르크에 산 지 팔 년이나 되었지만 나는 아직 단 한 사람도 사귀지 못했거든요. 그런데 말입니다. 내게는 인간관계가 필요할 이유가 없습니다. 그런 게 없어도 나는 페테르부르크를 다 알고 있으니까요. 그런 페테르부르크가 갑자기 벌떡 일어나 교외에 있는 별장으로 가버리자 모든 사람이 나를 버렸다는 느낌이 든 겁니다. 혼자 남아 있다는 게 너무도 무서워져 꼬박 사흘 동안 거리를 헤맸습니다. 마음의 갈피를 잡지 못하고 견딜 수 없는 우울증에 빠져들었습니다. 넵스키 대로[1]에도 가보고, 공원에도 가보고 강변도로[2]에도 나가보았지만 일 년 내내 일정한 시간대가 되면 마주치곤 하던 낯익은 얼굴은 하나도 눈에 띄지 않았습니다. 물론 그들은 나를 알 턱이 없지만 나는 안 그렇습니다. 쬐끔은 알고 있는 거지요. 그들의 표정을 연구했거든요. 그래서 그들이 즐거워하면 나도 덩달아 기분이 좋았고 슬픈 기색이면 나도 침울해지곤 했습니다. 폰탄카[3] 강변에서 매일 일정한 시간에 나

---

[1] 페테르부르크의 중심 번화가. 오늘날도 마찬가지.
[2] 페테르부르크는 네바 강을 중심으로 많은 샛강이 있고 또 바다가 있어 강변 및 해안도로가 발달해 있음.
[3] 페테르부르크 중심을 흐르는 한 샛강의 이름.

타나던 한 노인네와는 우정 같은 것을 나누었습니다. 노인네의 표정은 근엄했고 생각이 많아 보였습니다. 노인네는 항상 뭔가 중얼대면서 손잡이가 금빛으로 번쩍이고 마디가 긴 단장을 오른손에 들고 왼손을 휘휘 저으며 걷는 습관을 가지고 있었습니다. 그가 내 존재를 알아차렸기 때문에 그는 내 마음속에 일정한 부분을 차지하게 되었습니다. 폰탄카 강의 일정한 장소에 일정한 시간에 내가 나타나지 않았을 때 노인네도 마음이 허전했을 것이라고 단정할 수 있습니다. 그렇기 때문에 우리는 어쩌다, 특히 우리 둘 다 기분이 좋을 때면 서로 지나치면서 인사를 할 뻔했던 것입니다. 최근에 우리가 꼬박 이틀간 서로 보지 못하다가 사흘째 되던 날에 보았을 때도 우리는 모자를 벗어 인사까지 할 뻔했습니다. 그러나 다행히도 모자 가장자리까지 올라갔던 손을 내리고 마음민 간직한 채 스쳐 지나갔습니다.

    나는 페테르부르크의 집들도 잘 알고 있습니다. 내가 걸을 때면 거리의 집들은 마치 멀리서 내게 쪼르르 달려와 창문을 죄다 열고 "안녕하십니까? 건강은 어떠십니까? 덕분에 저는 잘 있습니다. 근데 오월에 한 층을 더 올린답니다"라든가 "건강은 어떠십니까? 저 내일 수리한답니다" 또는 "저 하마터면 불에 탈 뻔했습니다. 얼마나 놀랐는지 모릅니다"라고 말하는 것 같습니다. 집들 중에는 내가 유난히 좋아하는 것도 있고 그렇지 않은 것도 있습니다. 내가 좋아하는 집들 중 하나가 올여름에 건축사에게 치료받을 예정이랍니다. 치료하지 않고 그대로 두도록 일부러라도 매일 가볼 생각입니다. 제발 그대로 두면 좋을 텐데…….

연분홍 색깔의 아주 예쁜 집이 있었습니다. 이 집에 관한 사건을 나는 결코 잊지 못할 것입니다. 아주 귀여운 석조건물이었는데 얘는 못생긴 자기 이웃들은 냉랭히 바라보면서 내게는 상냥한 눈길을 주었습니다. 그러니 이 집을 지나갈 때 내 마음이 얼마나 흐뭇했겠습니까. 그런데 지난주에 거리를 걷다가 이 친구를 쳐다봤더니 죽어가는 소리를 하는 것이었습니다. "절 노란색으로 칠한대요!"라고 말입니다. 몹쓸 놈들 같으니! 야만인들! 그들은 기둥, 서까래 할 것 없이 죄다 노랗게 칠했습니다. 그들은 내 친구를 노란 카나리아로 만들고 만 것입니다. 나는 이 일로 속이 뒤집어질 뻔했습니다. 나는 지금도 불구가 되어버린 가엾은 친구의 모습을 차마 볼 수 없습니다. 어떻게 그처럼 중국에서나 쓰는 노란색으로 색칠을 할 수 있었는지…….

이 글을 읽는 이여, 당신은 이제 내가 어떻게 페테르부르크를 속속들이 알게 되었는지 이해하실 겁니다.

앞에서 말씀드렸듯이 나는 꼬박 사흘간 마음을 달랠 수 없었습니다. 이유는 모르겠습니다. 밖에 나가도 '아무도 없어. 어디로들 가버린 거야?'라는 생각에 기분이 안 좋았고, 집에서도 도무지 마음의 갈피를 잡을 수 없었습니다. 이틀 밤을 지새우며 물었습니다. '내 방구석에 부족한 게 뭐가 있어? 왜 방구석에 틀어박혀 있는 게 싫었을까?' 그러면서 나는 그을음이 잔뜩 낀 검푸른 벽이며 게으른 마트료나 덕분에 거미줄이 무성한 천장을 쭈뼛쭈뼛 둘러보았습니다. 그리고 의자를 포함하여 가구를 죄다 살펴보았습니다. 혹시나 그게 이유가 아닐까 생각하며 말입니다. 왜냐하면 의자 한 개라도 내가 전날 밤에 본 것과 달리 놓여 있으면 마음이 뒤숭숭해지기 때문입니다. 창문도 살펴보았습니다. 다 살펴본 거지요. 그러나 부질없는 짓이었습니다. 기분은 전혀 나아지지 않았으니까요! 무슨 생각까지 했는지 아십니까? 마트료나를 불러서는 거미줄을 가리키며 점잖게 청결에 신경 좀 쓰라고 했습니다. 마트료나는 어리둥절하여 나를 힐끗 쳐다보더니만 말없이 사라졌습니다.

거미줄은 지금도 고스란히 제자리에 걸려 있습니다. 그러다가 마침내 오늘 아침에야 무엇이 문제인가 알게 되었습니다. 그들이 날 피해 별장으로 튀었기 때문입니다. 저속한 표현을 써서 죄송합니다. 고상한 표현은 몰라서 말입니다……. 그러니까 페테르부르크에 있던 사람들이 모조리 이미 별장으로 떠났거나 아니면 그리로 향하고 있기 때문입니다. 내가 보기에 마부를 데리고 있을 정도로 부유하고 풍채가 근사한 신사분은 모조리 일상업무를 끝내고 가벼운 차림으로 가족 소유의 땅이나 별장으로 떠나는 점잖은 가장으로 즉각 변신해 있었습니다. 게다가 거리에서 마주치는 사람들 얼굴에는 '여러분, 우리가 여기에 있는 것도 잠깐, 두 시간 후엔 별장으로 떠납니다'라고 쓰여 있었습니다. 그러니 처녀들이 백설탕처럼 하얗고 가냘픈 손으로 창을 열고 꽃화분을 파는 행상을 부르면 나는 곧 이런 생각이 먼저 들었습니다. '답답한 도시생활을 하면서 방 안에서나마 봄을 만끽하고 꽃에서 위안을 찾고 싶어서가 아닐 거야. 다들 꽃을 가지고 곧 별장으로 떠나려는 거지, 뭐.' 이런 생각이 확실시되는 건 최근 들어 내 추측이 잘 들어맞았기 때문만은 아닙니다.

나는 말이죠, 누가 어디에 별장을 소유하고 있는지 척 보면 알 수 있었습니다. 돌섬[4]이나 약사섬[5] 또는 페테르고프 거리에 사는 사람들의 특징은 우아하면서도 능수능란하게 사람을 대하고, 맵시 있게 여름옷을 입으며 시내에 들어올 때는 멋진 마차를 이용한다는 것이었습니다. 파르골로보와 그 근처에 사는 사람들은 첫눈에 예의 바르고 점잖은 인상을 상대방에게 '주입합니다'. 십자섬[6] 사람들은 항상 표정이 밝았습니다. 거리를 걷다 보면 긴 짐마

---

[4] 섬에 돌이 많은 데서 유래한 이름. 페테르부르크는 1703년에 표트르 1세가 늪지대에 세운 도시로 105개의 섬으로 이루어져 있음.
[5] 약사들이 많이 거주하여 붙여진 이름.
[6] 섬 모양이 십자형이어서 붙여진 이름.

차 행렬과 맞닥뜨릴 때도 있었습니다. 마부들은 고삐를 쥔 채 느릿느릿 걷고 있었고 마차에는 의자, 식탁, 터키나 그 외 다른 나라에서 생산된 소파 등 별의별 살림살이가 산더미처럼 실려 있었습니다. 그런 짐 꼭대기에는 으레 목숨을 걸고 주인의 재산을 지키려는 조리사가 무게를 잡고 앉아 있었습니다. 또 네바 강이나 폰탄카 강을 따라 초르나야 샛강, 섬에 이르기까지 가재도구를 빼곡히 실은 배들도 눈에 띄었습니다. 내가 보기에 요즘 들어 그런 짐마차나 배의 숫자가 열 배, 백 배는 늘어난 것 같았습니다. 그러니 온 페테르부르크가 아라비아의 대상처럼 여행을 떠나거나 이주하는 것 같을 수밖에요.

페테르부르크가 황무지로 변하는 것 같아 나는 창피하기도 했고 화가 나기도 했습니다. 그러곤 슬퍼졌습니다. 정작 내겐 갈 곳도 별장도 없었기 때문입니다. 누구든 날 불러만 주었으면 나도 떠났을 겁니다. 짐마차를 따라 걷던 마부를 둔 점잖게 생긴 신사 분과 함께 마차를 타고 가든, 어쨌든 함께 갔을 겁니다. 그러나 어느 한 사람, 그 누구도 나를 초대하지 않았습니다. 나를 잊어버린 듯 말입니다. 마치 나 같은 사람은 안중에도 없다는 듯이 말입니다!

나는 하염없이 걷고 또 걸었습니다. 나중에는 내가 어디에 와 있는지도 몰랐습니다. 내겐 흔히 있는 일이었지요. 정신을 차리고 보니 웬 차단목이 앞을 가로막고 있었습니다. 순간 기분이 좋아져서 차단목을 단숨에 뛰어넘었습니다. 그러곤 파종된 밭과 풀밭 사이를 걷기 시작했습니다. 피로는커녕 조금 전까지 느꼈던 무거운 마음마저 가벼워지는 것 같았습니다. 길을 가던 사람들이 나를 상냥한 눈길로 바라보다 못해 내게 머리 숙여 인사까지 할 것 같았습니다. 사람들은 저마다 왠지 즐거워 보였고 하나같이 시가를 피우고 있었습니다. 그러자 나도 덩달아 전에 없이 기분이 좋아졌습니다. 마치 이탈리아에 온 것 같은 느낌이 들었습니다. 도시의 벽에 둘러싸여 시들어가던 나, 병든 도시인에게 자연은 엄청난 감동을 주었습니다.

봄날 페테르부르크의 자연에는 형언할 수 없는 감동이 담겨 있습니다. 갑자기 자신의 막강한 힘, 하늘이 내려준 갖가지 재능을 과시하거든요. 여린 풀로 천지를 온통 뒤덮지 않나, 온갖 꽃으로 세상을 모자이크하지 않나……. 그런 자연은 내게 처녀를 떠올리게 합니다. 병들어 수척해진 처녀, 우리가 동정과 연민에 찬 시선으로 바라보는 처녀, 우리가 잠시 한눈을 판 사이에 병색을 떨치고 눈부시게 아름다워진 처녀 말입니다. 우리는 그런 처녀에 흠뻑 반해 넋을 잃고 자문합니다. '한때 슬픔과 상념이 그렁그렁하던 눈이 어쩌면 저렇게 환히 빛날 수 있을까? 어떤 힘이 작용했을까? 핏기 없는 마른 뺨이 발그레해진 건 무슨 조화일까? 어떻게 순하디순한 얼굴에 저런 열정이 어리게 되었을까? 또 가슴은 어떻게 봉긋해진 걸까? 가엾은 처녀의 얼굴에 느닷없이 힘과 생명력을 불어넣고 미소와 웃음이 찬란히 빛나도록 하는 것은 과연 무엇일까?' 하고 말입니다. 우리는 주위를 둘러보며 그것이 무엇인가를 찾아봅니다. 그러고는 알게 되지요……. 하지만 그런 순간은 지나가기 마련, 아마도 다음 날 우리는 어제와 똑같이 상념에 잠긴 초점을 잃은 눈, 창백한 얼굴, 유순한 행동, 수줍어하는 모습을 대하며 때로는 후회하고 때로는 지독히 우울해지기도 하고, 또 순간 마음이 이끌렸다는 데 대해 참을 수 없는 분노를 느끼기도 할 것입니다. 그러면 자신이 처량해집니다. 아름다움은 순식간에 시들어버렸고, 눈앞에서 찬란한 빛을 발하던 아름다움은 기실 속임수였으며 부질없는 것이었다는 데 생각이 이르게 되니까 말입니다. 안타까운 건 우리에게 그런 아름다움을 사랑할 시간이 전혀 없었다는 겁니다.

그렇지만 내가 겪은 밤은 그런 낮보다 훨씬 나았습니다. 자, 들어보십시오.

내가 시내에 도착하여 집을 향해 걷고 있었을 때는 이미 밤 열 시가 지나고 있었습니다. 집으로 가는 길은 운하를 따라 난 강변도로였고 그 시간에는 사람이 다니지 않았습니다. 사실 나는 페테르부르크의 변두리 중에서도 변두리에 살고 있습니다. 나는 노래를 부르며 걸었습니다. 나는 기분이 좋으면 꼭 뭔가를 흥얼거리는 버릇이 있는데, 그런 습관은 기분은 좋은데 친구나 아는 사람 그리고 자신의 기쁨을 함께 나눌 사람이 없는 사람들에게서 흔히 찾아볼 수 있습니다. 그런 내게 꿈에도 생각지 못했던 일이 일어났습니다.

운하 쪽 난간에 한 여자가 서 있는 게 눈에 들어왔습니다. 그녀는 운하의 난간에 턱을 괸 채 흐린 강물을 응시하고 있는 것 같았습니다. 그녀가 쓰고 있는 모자는 예쁜 노랑색이었고 어깨에 두른 숄은 깜찍한 검은색이었습니다. 나는 '젊은 여자일 거야, 머리 색깔은 갈색이고'라고 생각했습니다. 나는 숨을 멈추고 떨리는 마음을 달래며 여자 곁을 지나쳤습니다. 그러나 여자는 내 발소리를 듣지 못한 듯 까딱도 하지 않았습니다. 나는 '이상하다. 무슨 생각을 저렇게 하고 있을까?'라는 생각이 들어 순간적으로 걸음을 멈추었습니다. 그러자 소리를 죽여가며 흐느껴 우는 소리가 들려왔습니다. 정말 여자는 울고 있었습니다. 일 분 후 다시 울음소리가 들려왔습니다. 세상에! 나는 가슴이 아파왔습니다. 그러잖아도 여자만 보면 겁이 나는데 하필이면 그런 일이 벌어질 게 뭡니까······. 내가 만일 '아씨'라는 호칭이 러시아 상류사회를 무대로 하는 소설에서 수천 번도 넘게 사용되고 있다는 걸 몰랐다면 나는 되돌아가서 그녀에게 다가가 "아씨!"라고 불렀을 겁니다. 나는 바로 그 호칭 하나 때문에 망설이고 있었습니다. 내가 적절한 단어를 찾고 있는 동안 여자는 주위를 둘러보더니 정신을 가다듬은 후 눈을 내리깔고는 나를 지나쳐 강변도로로 가버렸습니다. 나는 곧 그녀를 뒤쫓아갔습니다. 그녀는 이를 알아채고는 재빨리 강변도로를 벗어나 거리를 가로질러 건너편 보도를 따라 걷기 시작했습니다. 나는 거리를 건널 엄두를 못 냈고 심장은 사로잡힌 새의 그것처럼 콩닥콩닥 뛰고 있었습니다. 그러나 갑자기 일어난 일이 내 편이 되어주었습니다.

  나의 미지의 여인이 걷고 있던 보도에서 그녀로부터 멀지 않은 곳에 갑자기 한 신사가 나타난 것입니다. 나이는 지긋해 보였지만 걸음걸이는 그렇지 않았습니다. 그는 벽에 몸을 의지한 채 비틀비틀 걷고 있었습니다. 여자는 쏜살같이 내닫고 있었습니다. 마치 누군가 밤에 집에 바래다주겠다고 할 때 이를 거절하는 젊은 여자들이 마음을 졸이며 발길을 재촉하듯이 말입니다. 만일 운명이 인위적인 수단을 찾는 나를 도와주지 않았더라면 비틀거리던 신사는 단연코 그녀를 따라잡지 못했을 것입니다. 신사는 갑자기 몸을 바로 세우더니 나의 미지의 여인을 향해 달리기 시작했습니다. 그녀는 쏜살같이 내달았지만 비틀거리며 달려온 신사에게 붙들리고 말았습니다. 여자는 외마디 비명을 질렀습니다. 순간 나는 나의 오른손에 마디가 긴 멋진 지팡이를 쥐여준 운명이 얼마나 고마웠는지 모릅니다. 내가 눈 깜짝할 새 길을 건너 보도로 달려가자 신사는 금세 상황을 파악하고 달아났습니다. 그는 우리로부터 한참 멀어져서야 별의별 상소리를 내게 해댔습니다. 하지만 나는 한 마디도 알아듣지 못했습니다.

"손을 주십시오. 그러면 더 이상 우리를 귀찮게 하지 못할 겁니다." 나는 나의 미지의 여인에게 말했습니다.

그녀는 말없이 내게 손을 내밀었는데 그 손은 아직도 흥분과 놀라움으로 파르르 떨고 있었습니다. 오, 하느님! 그 순간 당신이 내게 얼마나 고마운 분이었는지 아십니까! 나는 그녀를 슬쩍 훔쳐보았습니다. 정말 귀엽게 생긴 여자였고 머리는 갈색이었습니다. 내 추측이 맞은 거지요. 그녀의 까만 눈동자에 남아 있던 눈물이 조금 전의 놀라움 때문인지 아니면 얼마 전의 슬픔 때문인지는 모르겠습니다. 하지만 그녀의 입가에는 미소가 번지고 있었습니다. 그녀 역시 나를 살짝 훔쳐보고는 얼굴을 붉히며 눈을 내리깔았습니다.

"그것 보세요. 왜 날 쫓았습니까? 내가 옆에 있었으면 아무런 일도 안 일어났을 거잖아요……."

"당신이 어떤 사람인지 몰랐어요. 당신도 그런 사람이라고 생각했죠, 뭐……."

"그럼 이젠 아십니까?"

"쬐끔은요. 근데 왜 그렇게 떨고 있어요?"

"어, 금방 알아보시네요."

나는 나의 처녀가 똑똑한 여자라는 사실에 기분이 좋아져 그렇게 대답했습니다. 여자가 예쁜 데다 영리하면 금상첨화거든요.

"맞습니다. 당신은 한눈에 내가 어떤 사람인지 알아맞혔어요. 나는 여자를 보면 겁부터 나고 마음의 갈피를 잡을 수 없어요. 아까 그 신사가 당신을 놀라게 했을 때 당신이 당황했던 것보다 나을 게 없습니다……. 난 지금 좀 멍해요. 마치 꿈을 꾸는 것 같아요. 언젠가 여자들과 얘기를 나누게 될 거라고는 꿈에도 생각지 못했습니다."

"네에? 정말요?"

"네. 만일 내 손이 떨고 있다면 이유는 단 하나입니다. 당신 손처럼 쬐그맣고 고운 손을 쥐어본 적이 없기 때문입니다. 난 정말 여자를 몰라요. 이 말은 여자를 대해본 적이 없다는 뜻입니다. 여자와 얘기할 줄도 모릅니다. 지금도 그렇습니다. 엉뚱한 소리 많이 했죠? 솔직히 대답해보십시오. 미리 말해두지만 나는 화를 잘 내는 타입이 아닙니다……."

"엉뚱한 소리라고요? 아니에요. 전혀 아니라고요. 나더러 솔직히 대답하라고 했는데 사실 여자들은 순진한 남자들을 좋아해요. 더 알고 싶으세요? 그래요. 나도 당신이 수줍어하는 게 좋아요.

우리 집까지 데려다줘도 좋아요."

"그러면 더 이상 부끄러워하지 않고 재주를 부리려고도 하지 않겠습니다."

나는 기쁨에 겨워 숨을 가쁘게 몰아쉬면서 말했습니다.

"재주요? 어떤 재준데요? 의도가 불순해요."

"그만둘게요. 잘못했습니다. 무심코 나온 말입니다. 원한다면 욕심을 접어둘……."

"내 맘에 들려는 욕심이죠. 안 그래요?"

"음, 그래요. 근데 제발 부탁하지만 내가 어떤 사람인지 생각 좀 해보십시오! 나이를 스물여섯이나 먹었는데도 아는 사람이 하나도 없습니다. 그러니 어떻게 말을 조리 있게 잘할 수 있겠어요? 내가 다 털어놓는 게 당신에게는 더 이롭겠지요……. 나도 말문이 열리면 못 말리는 사람이에요. 그래요. 아무래도 좋아요……. 그런데 한 여자도 못 만났어요. 믿어지세요? 단 한 여자도! 나는 매일 언젠가는 누군가를 만나게 될 거라는 꿈을 안고 살아갑니다. 그런 식으로 얼마나 많은 사랑에 빠졌는지 당신이 알 리 없지요……."

"상대가 누구였는데요?"

"상대는 없었습니다. 꿈에 나타나는 이상적인 여인상이죠, 뭐. 나는 꿈속에서 소설을 씁니다. 아, 참, 날 모르시지! 실제로 여자를 두어 명 만난 적이 있어요. 어떤 여자들이었느냐고요? 다 부인들이어서……. 그렇지만 내가 길거리에서 귀부인이 혼자 있을 때 허심탄회하게 얘기나 해보려고 말을 걸 생각을 여러 번 했다고 얘기하면 당신은 웃을 겁니다. 물론 조심조심 정중하게 또 정열적으로 말을 거는 상상을 하는 거지요. 대화를 거절하지 못하도록 '나는 고독에 멍든 사람입니다. 여자를 사귈 기회도 없습니다'라고 얘기하는 상상을 해보았습니다. 또 나처럼 불행한 남자의 애원을 거절하는 것은 여성의 의무에도 어긋난다고 설득하는 상상도 해보았습니다. 그리고 내가 원하는 건 나를 불쌍히 여겨 다정한 말 두 마디만 해주는 것뿐이라고 얘기하고 싶었습니다. 그러니까 처음부터 냉대할 게 아니라 내 말을 액면 그대로 받아들이며 경청해달라고 얘기하고 싶었던 겁니다. 내 말이 우스우면 웃어도 되는 거고요. 그렇지만 내게 용기를 북돋아주기 위해 아무 말이라도 좋으니 다정하게 단 두 마디만 해주길 바랐습니다. 이후 두 번 다시 안 보게 된다 해도 뭐 어떻습니까! 뭐가 우스워요? 근데 난……."

"기분 나빠하지 마세요. 내가 웃는 건 당신 스스로 너무 자신을 구속하기 때문이에요. 한번 그렇게 해보세요. 어쩌면 거리에서도 성공할지 몰라요. 너무 복잡하게 생각하지 마세요. 단순할수록 좋아요. 마음씨 고운 여자라면 머리가 모자라거나 하필 그때 화낼 일이 없는 이상 당신이 그처럼 조심스럽게 표현한 두 마디 말도 해주지 않고 당신을 쫓아버리는 짓은 안 할 거예요……. 아 참, 내 정신 좀 봐! 물론 당신을 이상하다고 생각할 수도 있어요. 판단하기에 따라서는 말이죠. 사람들이 세상을 살아가는 방식은 저마다 다르니까요!"

"아, 고맙습니다. 용기를 북돋아줘서 정말 고맙습니다!"

나는 외치다시피 말했습니다.

"천만에요! 근데 내가 그런 여자인 줄 어떻게 알았어요? 그러니까……. 당신이 말하는……. 관심을 갖고 우정을 나눌 만한 여자……. 그러니까 당신이 말한 부인들과는 다른 여자인 줄 어떻게 알았어요? 왜 나에게 접근할 생각을 했죠?"

"왜? 왜냐고요? 혼자였잖습니까. 게다가 그 남자의 행동이 지나쳤고, 밤이니까요. 내가 그렇게 한 건 일종의 의무감에서였다는 걸 인정하실 텐데요……."

"아니에요. 내 얘기는 여기에서가 아니라 아까 저쪽에서 말이에요. 정말 나한테 접근하려고 하지 않았어요?"

"저기, 저쪽요? 글쎄요. 뭐라고 대답해야 좋을지 모르겠습니다. 음…… 저 말입니다. 난 오늘 기분이 좋았습니다. 그래서 걸으면서 노래를 불렀지요. 교외에 갔었습니다. 그런 행복감은 처음 느껴봤습니다. 당신은…… 내가 보기엔…… 죄송합니다,

기억을 되살려보겠습니다. 내가 보기엔 울고 있었던 것 같습니다. 그런데 나는…… 그걸 그냥 지나칠 수 없었어요……. 가슴이 미어지더라니까요……. 허 참! 당신 때문에 내가 우울해지면 안 되나요? 당신을 안쓰러워하는 것도 죄가 되나요? 안쓰럽다는 말을 써서 미안합니다. 그래 좋습니다. 나도 모르게 당신에게 다가가고 싶은 생각이 들었다는 게 그렇게도 불쾌합니까?"

"관둬요, 됐어요. 그만 하세요……."

여자는 눈을 내리깔고 내 손을 꼭 쥐며 말했습니다.

"얘기를 꺼낸 내가 잘못이에요. 하지만 사람을 잘못 본 게 아니어서 기뻐요……. 벌써 집에 다 왔어요. 이 골목으로 가면 돼요. 두 발짝만요……. 안녕히 가세요, 고마워요……."

"그럼 정말 다시 볼 수 없나요? 그냥 이대로 끝나는 건가요?"

"여보세요."

여자는 웃으면서 대답했습니다.

"당신은 처음엔 딱 두 마디만 원한다고 했죠? 근데 지금은……. 좋아요. 아무 말도 안 할게요……. 어쩜 다시 만나게 될지도 모르겠어요……."

"내일 이리로 오겠습니다. 아, 죄송합니다. 강요해서……."

"맞아요. 성미가 급하세요……. 강요나 다름없어요……."

"잠깐, 잠깐만요!"

나는 그녀의 말을 가로챘습니다.

"다시 이런 말을 해서 죄송합니다만 난 내일 여기에 오지 않으면 안 됩니다. 난 꿈을 먹고 사는 사람이에요. 그래서 현실이라고 이를 만한 게 별로 없어요. 지금 같은 순간만 하더라도 내겐 거의 없는 일이라 꿈속에서 되새기지 않을 수 없습니다. 난 밤새, 일주일 내내 아니 일 년 내내 당신 꿈을 꿀 겁니다. 난 반드시 올 겁니다. 내일 바로 여기 이 장소에 바로 이 시각에 말입니다. 그러곤 어제의 일을 생각하며 행복해할 겁니다. 난 벌써 이곳에 정이 들어버렸습니다. 그렇게 내가 정을 준 곳이 페테르부르크에는 두어 군데 됩니다. 추억을 더듬다가 한번은 눈물을 흘린 적도 있습니다. 당신이 어떻게…… 어떻게 알겠어요. 하긴 어쩌면 당신도 불과 십 분 전에 옛 생각이 나서 울었는지도 모르지요……. 미안합니다. 또다시 멋대로 지껄이고 말았습니다. 당신이 이곳에서 언젠가 지극히 행복해했는지도 모르는데……."

"좋아요, 내일 열시에 이리 올게요. 당해낼 재간이 없네요……. 하지만 내가 이곳에 오는 건 다른 이유에서예요. 다시 만나겠다고 약속한 건 아니니까 오해하지 마세요. 미리 말해두지만 난 나 자신을 위해서 오는 거예요. 하지만 저……. 솔직히 얘기하죠. 당신이 와도 괜찮을 거예요. 이유는 첫째, 오늘처럼 불쾌한 일이 일어날 수 있기 때문인데, 그건 지엽적인 거고요……. 간단히 말하죠. 당신을 보았으면 해요……. 두 마디 말을 해주기 위해서예요. 지금 날 이상한 여자로 생각하진 않는 거죠? 날 그렇게 쉽게 만날 약속을 하는 여자로 생각하진 말아요……. 약속을 안 할 수도 있어요. 만약에……. 관둬요. 나만 아는 비밀로 해두겠어요. 근데 미리 분명히 해둘 게 있어요……."

"뭡니까? 말씀해보세요, 다 말해봐요. 다 들어줄게요. 뭐든지 다 하겠습니다. 나는 자신에 대해 책임을 질 줄 아는 사람입니다. 고집부리지 않고 예의에 어긋난 짓은 안 하겠습니다. 그리고 또 …… 날 아시잖습니까……."

나는 너무나 기뻐 목소리를 높였습니다.

"바로 그거예요. 당신이 어떤 사람인지 알기 때문에 내일 오라고 하는 거예요."

처녀는 웃으며 말했습니다.

"난 당신을 너무도 잘 알아요. 그래도 오는 데 조건이 있어요. 첫째, (내 부탁을 꼭 들어주셨으면 해요. 참 솔직하죠?) 나와 사랑에 빠져서는 안 돼요……. 절대로. 친구 관계는 좋아요. 자, 내 손 잡아보세요……. 하지만 날 사랑해서는 안 돼요. 부탁이에요!"

"맹세하겠습니다."

나는 그녀의 손을 잡고 소리 높여 말했습니다.

"맹세는 관두세요. 난 알아요. 당신은 일순간에 폭발할 수 있는 사람이에요. 이렇게 얘기한다고 해서 날 원망하지는 마세요. 당신은 모를 거예요……. 나도 얘길 나눌 사람이나 조언을 구할 사람 하나 없는 사람이에요. 사실 길거리에서 조언을 구할 수는 없는 노릇 아니겠어요? 당신은 예외지만요. 난 마치 우리가 이십 년 동안 친구로 지낸 양 당신이 낯설지 않아요……. 설마 우정을 배신하지는 않겠죠?"

"두고 보십시오……. 내 걱정은 오로지 하나, 어떻게 이십사 시간을 견뎌내느냐는 겁니다."

"평소보다 더 잘 자게 될걸요. 한 가지 잊지 마세요. 난 이미 당신을 믿고 있어요. 근데 조금 전에 환호성을 질렀죠? 형제 같은 생각이 들어서 동정하는데도 매번 그렇게 감정을 드러내야 하나요? 얘기가 나왔으니 말인데 문득 당신을 믿고 털어놓고 싶은 생각이 드는군요……."

"세상에, 뭔데요? 그게 뭔데요?"

"내일 봐요. 그 얘긴 당분간 잊어버려요. 그게 당신에게 좋아요. 제삼자가 보기에는 소설 같은 얘길 테니까요. 어쩌면 내일 얘기할지도 모르겠어요. 아니 어쩜 안 할지도 몰라요……. 그 전에 좀 더 얘기해요. 서로 좀 더 알아야 하지 않겠어요……."

"아, 그러면 내일 나에 대해 얘기하겠습니다. 전부 다! 그런데 이게 어떻게 된 일이지? 무슨 기적이라도 일어난 것 같아…….

여기가 어디지? 당신은 다른 여자들과 달리 처음부터 나에게 화를 내지도 않았고 쌀쌀맞게 굴지도 않았어요. 근데 그렇다고 해서 설마 불만스러워하는 건 아니겠지요? 이 분만 기다려주십시오. 그러면 난 영원히 행복해질 겁니다. 그렇습니다! 행복해지는 겁니다. 누가 압니까. 어쩌면 당신이 날 나 자신과 화해시키고 내가 품고 있던 의혹을 풀어주었는지도 모릅니다……. 어쩌면 그런 순간이 내게 찾아오고 있는 건지도 모릅니다. 그러니까……. 음, 그래요, 내일 다 얘기해드리겠습니다. 그럼 모든 걸 알게 될 겁니다. 모든 걸……."

"좋아요. 그럼 당신이 얘기를 시작하는 걸로 알고 있겠어요……."

"그럽시다."

"안녕히 가세요."

"잘 가요."

그날 밤 우리는 그렇게 헤어졌습니다. 나는 밤새 걸었습니다. 집에 돌아갈 기분이 아니었습니다. 너무나 행복했습니다. 다음 날까지도…….

두 번째 밤

"봐요, 견뎌냈잖아요!"

그녀는 내 손을 잡고 웃으며 말했습니다.

"벌써 두 시간이나 기다렸습니다. 하루 종일 내 기분이 어땠는지 당신은 몰라요!"

"알지요, 알아요……. 하지만 본론으로 들어가요. 내가 왜 왔는지 아세요? 우리 어제처럼 쓸데없는 소리는 하지 말아요. 이젠 좀 현명하게 행동하자고요. 어제 오랫동안 곰곰이 생각해보았어요."

"도대체 어떤 점에서 현명해지자는 겁니까? 나는 좋아요. 하지만 난 지금처럼 현명하게 처신해본 적이 없습니다."

"정말요? 좋아요. 부탁이 있는데, 첫째, 내 손을 너무 꽉 잡지 않았으면 좋겠어요. 그리고 둘째, 어제 당신에 대해 오랫동안 생각해봤어요."

"그래요? 그래서 어떤 결론에 도달했습니까?"

"어떤 결론에 도달했느냐고요? 처음부터 다시 시작해야 한다는 것이었어요. 왜냐하면 모든 걸 종합해볼 때 아직도 당신은 내게 도무지 알 수 없는 사람이기 때문이에요. 또 있어요. 난 어제 어린애처럼 행동했어요. 물론 그 모든 건 내 책임이죠. 마음이 모질지 못해서예요. 내 자랑도 너무 많이 했어요. 사람들은 속을 보여주다가 끝에 가서는 으레 그렇게 행동하지요. 그래서 잘못을 시정하기 위해 당신에 대해 사소한 것까지 모두 알아내기로 결심했어요. 그러나 당신에 대해 얘기해줄 수 있는 사람이 없으니까 당신이 직접 다 털어놓으세요. 그래, 당신은 어떤 분이세요? 어서 얘기해보세요. 자신의 과거에 대해 얘기해보라고요."

"과거!"

나는 깜짝 놀라 외쳤습니다.

"과거라! 내게 과거가 있다고 누가 그래요? 난 과거가 없어요······."

"아니 과거가 없이 어떻게 살았어요?"

그녀는 웃으며 말했습니다.

"과거라곤 전혀 없어요! 그렇게 살아왔어요. 저 뭡니까, 그러니까 나름대로요. 바꿔 말해서 혼자, 완전히 혼자 말입니다. 혼자 살아왔다는 게 무슨 소린지 알겠어요?"

"혼자요? 아무도 안 만나고요?"

"아뇨, 만나기야 했죠. 그래도 혼자였습니다."

"아니 정말 얘기 나눌 상대도 없었단 말이에요?"

"엄밀히 말해서 없었습니다."

"당신 도대체 어떻게 된 사람이에요? 얘기 좀 해보세요. 잠깐. 내가 알아맞혀볼게요. 나처럼 할머니를 모시고 살죠? 우리 할머니는 앞을 못 봐요. 그래서인지 날 아무 데도 못 가게 해요. 그러니 내가 말하는 방법을 완전히 잊어버렸다 해도 과언이 아니죠. 이 년 전에 내가 장난을 좀 심하게 쳤을 때 할머니가 어떻게 했는지 아세요? 말을 안 들을 것 같으니까 날 불러 옷핀으로 내 옷과 할머니 옷을 한데 묶어버리는 거예요. 이후로 나는 밤이나 낮이나 꼼짝 못 하고 할머니와 같이 지내요. 앞이 안 보여도 양말을 짜는 할머니 옆에 앉아 나는 수를 놓거나 소리 내 책을 읽어드리죠. 벌써 이 년째 꼼짝 못 하고 계속되는 이상한 상태예요……."

"하느님 맙소사, 정말 안됐군요! 그래도 내겐 그런 할머니조차 없습니다."

"그래요? 그런데도 어떻게 집에서 혼자 지낼 수 있죠?"

"내가 어떤 사람인지 정말 알고 싶습니까?"

"그럼요, 그래요!"

"거짓말 안 보태고요?"

"거짓말 안 보태고요!"

"좋습니다. 난 특이한 타입이에요."

"특이한 타입이라, 타입이라고요? 어떤 타입인데요?"

그녀는 마치 지난 일 년간 한 번도 웃어본 적이 없는 사람처럼 깔깔대고 웃더니 그렇게 물었습니다.

"정말 재미있는 분이에요! 우리 여기 벤치에 앉아요. 이곳엔 아무도 안 와요. 우리 얘길 엿듣는 사람도 없어요. 자, 어서 당신 과거 얘기 좀 해보세요. 내가 당신의 말을 믿을 수 없는 걸 보면 당신에겐 과거가 있는 거예요. 그런데도 당신은 그걸 자꾸 숨기려 들죠. 첫 번째 질문이에요. 특이한 타입이라는 게 무슨 뜻이에요?"

"특이한 타입요? 그건 말이죠, 우스운 사람이란 뜻이에요!"

그녀가 어린애처럼 깔깔대며 웃자 나도 덩달아 웃으며 말했습니다.

"그건 그런 성격이라는 거죠. 근데 꿈꾸는 사람이라는 말이 뭔지는 아세요?"

"꿈꾸는 사람요? 왜 몰라요? 나도 꿈을 꾸는걸요! 할머니 곁에만 앉아 있다 보면 때로는 머리가 멍해져요. 그럴 때 이런저런 생각을 하면서 꿈꾸는 거죠. 그러니까 중국 왕자에게 시집간다든가……. 꿈꾼다는 건 좋은 일이에요. 아니, 그렇지 않을 수도 있어요. 달리 생각할 게 있을 때는요."

그녀는 제법 심각한 어조로 말했습니다.

"아주 잘됐습니다. 중국 황제에게 시집가봤다면 날 완벽하게 이해할 수 있겠군요. 그러니 들어보십시오……. 아, 참 이름이 어떻게 되죠?"

"드디어 물어보시네요! 일찍도 생각나셨군요!"

"허 참! 미처 생각을 못 한 겁니다. 기분이 너무 좋아서……."

"내 이름은요, 나스텐카예요."

"나스텐카! 그게 답니까?"

"그게 다라니요? 왜 뭐 빠진 게 있어요? 참 욕심도 많으시네요!"

"부족하다니요? 천만에요. 충분합니다. 충분해요. 나스텐카, 당신은 착한 여잡니다. 처음부터 자신의 애칭을 가르쳐주니까요."

"나 원 참! 참!"

"나스텐카, 자, 내가 우스운 얘기 하나 할 테니까 들어봐요."

나는 그녀의 곁에 다가앉아 진지한 자세를 취하고 글을 읽듯 얘기를 시작했습니다.

"나스텐카, 아마도 당신은 모르겠지만 페테르부르크에는 이상한 곳이 있습니다. 그곳에 비치는 태양은 페테르부르크 사람들이 알고 있는 태양과는 다릅니다. 마치 그곳을 비추기 위해 특별히 새로 만들어진 것처럼 전혀 다른 빛을 내뿜습니다. 그곳 사람들은 우리 주변 사람들과는 전혀 다른 삶을 살아갑니다. 그건 아주 먼 곳에 사는 사람들의 삶과 비슷합니다. 심각하고도 심각한 시대를 살아가는 우리의 삶과는 다릅니다. 그 삶은 순수한 환상과 뜨거운 이상이 혼합된 것입니다. 동시에(아, 나스텐카!) 칙칙하고 시와는 달리 산문적인 것과 평범함, 그리고 이런 표현은 안 쓰려고 했습니다만, 저속하기조차 한 것이 함께 섞인 것입니다."

"휴! 하느님 맙소사! 무슨 서론이 그래요! 계속 그런 얘길 들으란 말이에요?"

"나스텐카, 당신 이름은 아무리 불러도 싫증나지 않을 것 같습니다. 나스텐카, 내가 얘기하려는 건 그곳에 이상한 사람들이 살고 있다는 겁니다. 꿈꾸는 사람들이거든요. 꿈꾸는 사람은 엄밀히 말해서 사람이 아닙니다. 남성도 여성도 아니고 일종의 중성과 같은 존잽니다. 그들은 대부분 아무도 모르는 곳에 숨어서 삽니다. 햇빛을 피해 숨는 거죠. 달팽이처럼 자기 방에 숨어버립니다. 그런 점에서 그들은 적어도 집과 몸통이 하나인 흥미로운 동물, 거북이를 닮았습니다. 그들이 왜 자기 방, 사면이 녹색으로 칠해져 있고 그을음이 잔뜩 끼어 있는 방을 좋아한다고 생각하세요? 음산하고 담배 연기가 자욱한데도요? 왜 이런 웃기는 사람들은 몇 안 되는 알고 지내는 사람들(그나마 그 사람들도 결국엔 모두 떠나고 맙니다만) 중 누군가가 방문하면 그렇게 당황하고 표정이 일그러지는 걸까요? 마치 조금 전에 방에서 벌받을 짓을 하기라도 한 것처럼 말입니다. 예를 들어 마치 위조지폐를 제조하거나 아니면 잡지사에 익명의 편지를 보내려다 들킨 사람처럼 말입니다. 편지에 자작시 몇 편을 동봉하면서, 친구로서 성스러운 의무를 다하기 위해서 죽은 친구가 남긴 시를 공표하는 것이라고 꾸미려다가 들킨 것처럼 말이지요. 밝히는 것처럼 말이지요. 나스텐카, 왜 그런 사람과 방문객 사이에는 대화가 이루어지지 않을까요? 왜 다른 때에는 우스갯소리나 근사한 말, 또 아름다운 들판이며 다른 즐거운 테마에 관해 얘기하길 좋아하는 친구가 정작 방 주인인 그 사람을 방문해서는 웃지도 않고 우스갯소리도 안 하는 걸까요? 아마도 사귄 지 얼마 되지 않았을 이 친구가, 아무리 똑똑하다 하더라도(정말 똑똑한지는 모르겠지만요) 처음 방문하여 방 주인의 얼굴을 보고―그 친구는 두 번 다시 찾아오지 않죠―왜 그렇게 당황하고 표정이 굳어지죠? 방 주인은 방 주인대로 얼굴이 말이 아니죠. 어떻게든 얘기를 궤도에 올려놓으려고 갖은 노력을 해보지만 수포로 돌아가고, 번지수를 잘못 찾은 난처한 친구의 마음을 달래기 위해 사교계의 관습을 흉내 내 노력

해도 소용이 없으니까요. 내가 그런 상황에서 이해할 수 없는 건 어렵사리 찾아온 친구가 갑자기 있지도 않은 급한 일을 핑계대며 모자를 집어 들고 황급히 돌아간다는 것입니다. 주인은 황망한 모습을 보인 자신을 책망하면서 어떻게든 사태를 수습하려고 애쓰며 친구를 붙잡는데 그는 매정하게 뿌리친단 말입니다. 그 친구는 친구 집을 뒤로하고 나와서는 낄낄대며 웃는데 왜 그러는지 이해가 안 갑니다. 그러면서 두 번 다시 이런 이상한 친구는 방문하지 않겠다고 다짐하지요. 사람은 좋지만 엉뚱한 생각을 많이 한다고 보기 때문입니다. 좀 무리이긴 하지만 조금 전 자기가 본 친구의 얼굴을 애들이 못살게 굴어서 겁을 잔뜩 먹은 새끼 고양이에 비유할 수 있을 겁니다. 애들은 짐짓 안 그럴 것처럼 굴다가 고양이를 구석으로 몰죠. 그러면 고양이는 견디다 못해 의자 밑으로 숨어버립니다. 그러곤 캄캄한 어둠 속에서 한 시간을 꼬박 털을 곤두세우고 이빨을 드러낸 채 카악거리다가 앞발로 주둥이를 닦습니다. 그런 일이 있게 되면 고양이는 오랫동안 주변 환경과 삶 그리고 심지어는 곳간 열쇠를 담당하는 하녀가 불쌍히 여겨 던져주는 먹이, 주인이 먹다 남은 음식에 대해서도 적대적인 태도를 취하게 됩니다."

"저 말이에요."

나스텐카는 믿을 수 없다는 듯 눈을 동그랗게 뜨고 입을 벌린 채 얘기를 듣다가 한마디 했습니다.

"저 말이에요. 어떻게 그런 일이 일어날 수 있는지 도무지 이해가 안 가요. 왜 당신이 그런 말도 안 되는 질문을 던지는지도 이해할 수 없고요. 내 생각에 이 모든 건 당신이 실제로 겪은 게 아닌가 해요."

"물론입니다."

나는 심각한 표정을 지으며 대꾸했습니다.

"그렇다면 계속하세요. 얘기가 어떻게 끝나는지 알고 싶어요."

"나스텐카, 그 사건의 주인공, 아예 나라고 해두죠. 보잘것없는 내가 방에서 무슨 짓을 했는지 궁금하지요? 내가 친구의 느닷없는 방문에 왜 그렇게 놀랐는지, 왜 하루 종일 정신이 나가 있었는지 알고 싶죠? 방문이 열렸을 때 왜 그렇게 벌떡 일어나 얼굴을 붉혔는지 궁금하지요? 왜 손님을 맞이할 생각도 못 하고 접대에 대한 중압감에 시달리며 창피해 죽을 뻔했는지 알겠어요?"

"그럼요, 알고말고요! 그게 문제라니까요. 저 근데요. 얘기를 참 잘하시기는 한데 좀 다른 방법으로는 얘기하지 못하세요? 꼭 글을 읽듯이 얘기하시니 말이에요."

"나스텐카!"

나는 터져 나오려는 웃음을 간신히 참으며 근엄한 목소리로 말했습니다.

"나스텐카, 나도 내가 얘기를 잘한다는 걸 압니다. 그런데 다르게 해달라고요? 미안하지만 내겐 그런 재주가 없습니다. 지금 내 기분은요, 천 년 동안 밀봉된 항아리 속에 갇혀 있다 드디어 밖으로 나오게 된 솔로몬 왕의 영혼 같은 기분이에요. 우리가 그토록 오랫동안 헤어져 있다가 드디어 만났다면 그건 내가 당신을 예전부터 알고 있었기 때문입니다, 나스텐카. 그건 내가 오래전부터 누군가를 애타게 찾았기 때문이에요. 그건 바로 당신을 발견하게 될 것이라는, 우리의 만남은 필연이라는 징표입니다. 지금 나는 정신이 하나도 없습니다. 머릿속의 밸브란 밸브는 다 열렸다고나 할까요. 폭포수처럼 말을 쏟아놓아야 합니다. 그렇지 않으면 숨이 막혀 죽을 겁니다. 그러니, 나스텐카, 내 얘길 끊지 말고 차분히 들어주었으면 좋겠습니다. 아니면 그만두겠습니다."

"안 돼요, 안 돼! 그러지 마세요! 얘기하세요! 지금부터 한 마디도 안 할게요."

"계속하겠습니다. 나스텐카, 난 하루 중 특히 좋아하는 시간대가 있습니다. 그건 사람들이 모든 일과 업무를 끝내고 저마다 식사를 하고 잠시 휴식을 취하기 위해 집으로 향하는 시간입니다. 사람들은 귀갓길에 나머지 저녁시간을 어떻게 하면 즐겁게 보낼 수 있을까 이 궁리 저 궁리를 합니다. 그 시간에 우리의 주인공도, 나스텐카, 삼인칭으로 얘기하는 걸 이해해줘요. 일인칭으로 얘기하는 건 왠지 쑥스럽거든요. 다시 하겠습니다. 할 일이 있었던 우리의 주인공 또한 그 시간이면 다른 사람들 뒤를 따라 걷습니다. 다소 피로한 듯 창백한 그의 얼굴에는 까닭 모를 만족감이 번집니다. 그는 차가운 페테르부르크의 하늘을 배경으로 서서히 꺼져가는 저녁노을을 주의 깊게 바라봅니다. 바라본다는 말은 거짓말입니다. 바라보는 게 아니라 멍하니 쳐다봅니다. 지쳐 있거나 아니면 뭔가 다른 것, 보다 흥미로운 대상에 정신이 쏠려 있는 듯이 말입니다. 그래서 일순간일망정 거의 무의식적으로 주위 환경에 골고루 시간을 할애합니다. 그는 내일까지도 짜증이 날 **일**을 끝내버렸다는 데 흐뭇해하고 또 교실을 떠나 좋아하는 놀이를 하거나 장난을 치도록 허락받은 학생처럼 마음이 들떠 있습니다.

  그런 그를 가까이서 한번 보세요, 나스텐카. 그러면 기쁨이 어느덧 그의 예민한 신경과 병적이다시피 한 상상력에 긍정적인 영향을 주었다는 걸 알게 됩니다. 그는 뭔지 골똘히 생각하는데……. 무슨 생각을 하는 것 같습니까? 저녁식사? 저녁? 뭘 그렇게 바라보는 걸까요? 준마가 끄는 으리으리한 마차를 타고 지나가는 부인에게 한껏 멋을 부려 인사하는 근사한 풍채의 신사를 바라보는 걸까요? 아닙니다, 나스텐카. 그는 지금 그런 사소한 것에는 관심이 없어요! 그는 **자기만의 독특한** 생명력으로 충만해 있는 겁니다. 그 순간 마음이 넉넉해진 그에게는 희미해져가는 태양이 발산하는 석별의 빛마저 휘황찬란하게 비치고, 데워진 심장에서는 일련의 회상들이 꼬리를 물고 일어납니다. 이제 그는 이전에 걸으며 지극히 미미한 것에도 감동을 느끼던 그 길을 인식하지 못합니다. 나스텐카, 주콥스키를 읽었는지 모르겠지만 '환상의 여신'은 정교한 솜씨로 어느새 짠 황금 바탕에 기기묘묘한 삶의 무늬를 수놓으러 옵니다. 누가 압니까? 어쩌면 멋진 화강암 보도를 따라 집으로 걷고 있던 그를 수정처럼 맑은 하늘로 교묘히 데리고 갔는지도 모르지요. 그런 그를 불러 세워서 그가 지금 어디에 서 있는지, 어떤 거리를 걸었는지 다짜고짜 물어보십시오. 그는 아마 아무것도 기억하지 못할 겁니다. 대신 화가 나서 얼굴이 벌게져 체면상 뭐라고 둘러댈 겁니다. 그 순간엔 길을 잃은 곱상한 할머니 한 분이 보도 한가운데서 그를 조심스럽게 불러 세워 길을 물어도 그의 반응은 신통치 않습니다. 깜짝 놀라 부르르 떨고 주변을 두리번거리니까요. 그나마 소리를 지르지 않으면 다행이지요. 그는 짜증을 내며 얼굴을 찌푸린 채 가던 길을 걸어갑니다. 눈길이 마주치는 행인들 중 그 누구도 자기에게 미소를 보내지 않고 자기를 뒤돌아보지 않는다는 걸 의식하지 못하고요. 어디 그뿐입니까. 겁먹은 눈으로 그에게 길을 비켜준 계집아이가 그가 만면에 바보 같은 미소를 띤 채 두 팔을 내저으며 걷는 걸 보고 깔깔 웃는 것도 의식하지 못합니다. 환상은 장난치며,

길을 물어본 할머니, 호기심 많은 행인들, 깔깔대며 웃는 계집아이 그리고 주인공이 따라 걷고 있던 폰탄카 강을 가득 메운 짐배에서 밤참을 먹는 농부들에게도 파고듭니다. 환상은 장난치며 사람, 사물 할 것 없이 죄다 캔버스에 옮겨 수놓습니다. 마치 파리들을 거미줄에 붙이듯이 말입니다.

이제 우리의 주인공 괴짜는 새로워진 기분으로 스위트 홈, 자기 '굴'에 들어갑니다. 그러곤 어느새 식탁에 앉아 눈 깜짝할 새 식사를 끝냅니다. 그가 제정신이 드는 건 항상 뭔가를 생각하는 슬픈 표정의 마트료나, 그를 시중드는 마트료나가 식탁을 정돈하고 담배 파이프를 건네줄 때입니다. 그는 그제야 비로소 자기가 어떻게 그랬는지는 모르지만 아무튼 이미 식사를 했다는 걸 알고는 흠칫 놀랍니다. 방 안엔 어둠이 깔려 있습니다. 그는 마음이 서글프고 허전합니다. 자신을 에워싸고 있던 환상의 세계가 무너져내린 겁니다. 아무런 소리도, 흔적도 없이. 마치 한바탕의 꿈처럼 지나가버린 겁니다. 그는 자기가 꿈을 꾸었다는 사실조차 기억하지 못합니다. 그러나 가슴이 아리고 뛰는 까닭 모를 뭉툭한 느낌 그리고 알 수 없는 새로운 욕구는 그의 상상력을 자극하여 어느덧 새로운 환영이 연이어 펼쳐집니다. 그의 조그만 방 안엔 정적이 감돕니다. 고독과 나태는 상상에게 어리광을 부리기 마련이지요. 상상은 슬며시 불이 붙어 끓어오릅니다. 옆방 부엌에서 마트료나가 커피를 끓일 때 커피포트의 물이 끓는 것과 비슷하다고나 할까요. 상상은 어느덧 활짝 나래를 펴고 아무런 목표도 없이 무작정 꿈꾸는 우리의 주인공 손에서 빠져나옵니다. 주인공은 영문도 모르고 있죠. 그의 상상력이 잠에서 깨어나 활동을 재개하고 다시 새로운 세계, 새로운 삶의 황홀함이 그의 눈앞에 눈부시게 펼쳐집니다. 새로운 꿈, 이건 새로운 행복을 뜻합니다. 정제된 최음제를 사용하는 새로운 방법인 겁니다. 아, 그가 현실에서 뭘 필요로 하겠습니까! 꿈에 매수된 그의 눈에는 나스텐카, 당신이나 내가 게으르고 느리며 시든 삶을 살고 있는 것으로 비칩니다. 그가 볼 때 우리는 자신의 운명에 지극히 불만스러워하며 괴로운 삶을 살아가고 있습니다. 그렇습니다. 틀린 게 아닙니다. 보십시오. 사람들은 모두 냉랭하고 화난 사람들처럼 얼굴을 찌푸리고 있습니다. 그런 우리를 우리의 주인공은 '안됐다'고 생각합니다. 그가 그렇게 생각하는 것도 무리가 아닙니다. 그의 눈앞에서 황홀한 모습으로 수시로 형태를 바꾸며 끝없이 드넓게 펼쳐지는 마술과도 같은 환영들을 한번 상상해보세요. 우리의 꿈꾸는 주인공이 으뜸가는 일인자로 등장하는 마술 같은 생생한 그림을 말입니다. 눈앞에 펼쳐지는 사건들은 얼마나 다양하고, 줄지어 나타나는 환상은 또 얼마나 황홀하겠습니까!

    그가 뭘 꿈꾸는지 묻고 싶지요? 물을 필요도 없어요! 무엇이

든지 다 꿈꾸니까요……. 예를 들어보겠습니다. 시인의 역할입니다. 먼저 무명 시인, 그러고 나서 계관 시인의 역할에 대해 꿈을 꿉니다. 호프만[7]과의 우정, 바돌로매의 밤,[8] 다이아나 버논,[9] 카잔 점령시 공을 세운 이반 바실리예비치, 클라라 모브레이,[10] 에피 딘즈,[11] 후스[12]와 공의회,[13] 로베르의 사자부활,[14] 이 음악 생각나지요? 공동묘지 냄새가 나죠? 미나[15]와 브렌다,[16] 베레지나 전투,[17] 보론초바-다슈코바 백작부인의 살롱에서 열리는 시낭송회, 당통, 클레오파트라와 그녀의 연인들,[18] 콜롬나의 작은 집[19]

---

[7] 에른스트 호프만(1776~1822), 독일 낭만주의 작가로 환상소설을 많이 썼음. 푸시킨, 고골리, 도스토옙스키 등 러시아 작가에게 많은 영향을 끼침.

[8] 1572년 8월 24일, 성 바돌로매 축일 밤에 파리에서는 가톨릭교인들이 위그노파 교인들을 대량 학살했음. 이 사건은 메리메의 역사소설 『샤를 9세 시대 연대기』에 묘사되어 있음.

[9] 월터 스콧(1771~1832)의 역사소설 『롭 로이』의 여주인공.

[10] 월터 스콧의 소설 『성 로난의 샘』의 여주인공.

[11] 월터 스콧의 소설 『에딘버러의 감옥』의 여주인공.

[12] 얀 후스(1369~1415), 독일 가톨릭교회로부터 체코 교회의 독립을 추진한 개혁가로 1415년 열린 콘스탄츠 공의회에서 이단자로 화형을 언도받음.

[13] 12번 주 참조.

[14] 독일 작곡가 자코모 마이어베어의 오페라 〈악마 로베르〉를 지칭.

[15] 괴테의 소설 『빌헬름 마이스터의 수업시대』에 나오는 미뇽의 로망스 및 이를 번역한 주콥스키의 시 「미나」의 여주인공. 미나는 미뇽의 러시아식 표기.

[16] 코즐로프의 발라드.

[17] 나폴레옹전쟁 중 드네프르 강의 지류인 베레지나 강 유역에서 1812년 11월 26일부터 28일까지 프랑스군과 러시아군 사이에 벌어진 전투. 러시아에서 퇴각하던 프랑스군은 이 전투에서 막대한 손실을 입음.

[18] 푸시킨의 단편소설 「이집트의 밤」에서 한 미인이 이탈리아에서 온 즉흥 시인에게 제시한 테마.

[19] 푸시킨의 장시 제목.

등입니다. 자신만의 작은 공간에 대해서도 꿈꾸지요. 곁에는 겨울밤에 눈을 크게 뜨고 입을 벌린 채 그의 얘기를 들어주는 사랑스러운 이가 함께 있고요. 지금 사랑스러운 나의 천사, 당신이 내 얘기를 들어주고 있듯이 말입니다. 아닙니다, 나스텐카. 엉큼한 게으름뱅이 우리의 주인공이 삶에서 기대하는 게 뭐가 있겠습니까? 당신과 내가 자리를 함께 하고픈 이 삶에서 말입니다. 자신의 초라한 삶에 자신이 가진 모든 상상력을 다 쏟아붓게 되면, 그것도 기쁨이나 행복을 위해서가 아니라 단 하루라는 시간을 위해서 말입니다. 자신에게도 언젠가는 비극적인 시간이 도래할 것이라는 생각을 그는 미처 하지 못합니다.

그는 자신의 삶이 가난하고 누추하다고 생각합니다. 그래서 꿈꾸는 그 순간만큼은 슬퍼하거나 후회, 번민 따위는 하고 싶어 하지 않습니다. 끔찍한 시간이 도래하지 않는 한 그는 아무것도 바라지 않습니다. 그는 욕망을 초월했고 모든 걸 가졌기 때문입니다. 포만감에 젖어 있기 때문입니다. 매시간 마음대로 자신의 삶을 창조하는 예술가이기 때문입니다. 정말이지 꿈같이 환상적인 세계를 만드는 일은 너무도 쉽고 자연스럽답니다! 모든 게 환상이 아닌 것 같고요! 솔직히 말해서 어떤 때에는 그렇게 해서 만들어진 삶이 감정의 작용이나 신기루 또는 상상이 빚어낸 착각이 아니라 진짜 현실처럼 믿어지기도 합니다.

근데 말이죠, 나스텐카, 왜 그런 순간에 영혼은 두려움을 느끼죠? 무슨 마법에라도 걸린 것처럼, 알 수 없는 힘에 의해 맥박이 빨라지는 것은 왜일까요? 왜 눈물은 또 쏟아지고 눈물 젖은 창백한 두 뺨은 달아오르죠? 거역할 수 없는 환희가 온몸을 휩싸는 것은 또 무엇 때문일까요? 눈도 못 붙일 정도로 한없이 즐겁고 행복했던 밤은 왜 그토록 순식간에 지나가고 맙니까? 왜 우리의 꿈꾸는 주인공은 아침노을이 창가에 장밋빛 햇살을 드리우고 환상적인 빛으로 음산한 방 안을 밝힐 때 녹초가 되어 침대에 쓰러져 잠이 드는 겁니까? 정신없이 환희에 뒤흔들린 영혼, 시리도록 달콤한 아픔이 남아 있는 심장을 안고 말입니다. 그렇습니다, 나스텐카. 우린 속았다는 느낌을 지울 수 없게 됩니다. 그리고 비록 남의 일이지만 우린 어쩔 수 없이 믿게 됩니다. 진짜 열정, 참된 열정이 그의 영혼을 사로잡은 거라고 말입니다. 우리의 주인공이 영적으로 체험한 꿈에는 뭔가 살아 있고 느껴지는 것이 있다고 믿게 됩니다. 그렇습니다. 그럼 속았다는 게 뭔지 한번 살펴봅시다. 예를 들어 사랑이 그의 가슴속에 끝없는 기쁨과 괴로움을 수반한 채 파고들었다는 겁니다……. 그를 한번 보십시오. 내 말이 틀렸나! 나스텐카, 그가 그토록 격렬한 꿈을 꾸면서 그토록 뜨겁게 사랑한 여인이 실제로는 전혀 모르는 여인일 것 같습니까? 오직 뿌리칠 수 없는 꿈속에서만 보았을 뿐, 그가 보인 열정은 순전히 꿈에 불과했을까요? 그와 그녀는 정말 서로 손을 잡고 수많은 나날을 함께 하지 않았을 것 같습니까? 세상을 등지고 자신의 세계, 자신의 삶을 상대방의 것과 섞어 하나로 만든 후 오직 단둘이 말입니다. 늦은 시간, 이별의 시간이 오면 그녀는 그의 품에 안겨 서러워하며 흐느껴 울지 않았던가요? 잔뜩 찌푸린 하늘에 사납게 휘몰아치는 폭풍 소리, 그녀의 검은 속눈썹에서 눈물을 거두어가는 바람 소리도 못 들은 채 말입니다.

정녕 그 모든 건 꿈이었을까요? 이끼가 무성한 길이 나 있는 정원, 돌보는 이 없는 고즈넉한 정원, 그들이 둘이서 그토록 자주 걸으며 소망하고 침울해하고 또 그처럼 오래, 그렇습니다, '그처럼 오래 다정히' 사랑을 나누던 정원, 쓸쓸하고 외진 정원. 그리고 애들처럼 부끄럼을 잘 타는 그들, 상대방에 대한 사랑을 마음속에 애처롭게 간직하던 그들 둘을 곧잘 놀래던 그녀의 남편, 얼굴이 험상궂고 항상 말이 없었으나 성질이 불 같던 남편과 그녀가 함께 살던, 조상 대대로 살아온 이상한 집. 정녕 이것도 꿈이었을까요? 그들이 얼마나 두려움에 떨고 괴로워했는지, 그들의 사랑이 얼마나 순수했는지, 반면에 사람들은 얼마나 잔인했는지 아무도 모릅니다. 오, 하느님. 나중에 그는 고향을 떠나 한낮의 뜨거운 태양이 작열하는 이국의 하늘 아래 영원히 아름다운 도시, 무도회 불빛이 찬란한 이탈리아의 한 대저택(이 경우 대저택이제격이죠), 불빛의 바다에 둘러싸인 대저택의, 도금양나무와 장미 넝쿨이 휘감은 발코니에서 그녀를 만나지 않았겠습니까. 그녀는 그를 알아보고 나서 황급히 가면을 벗고 속삭였습니다. '저 혼자 됐어요'라고 말입니다. 그녀는 떨며 그의 품에 안겼습니다. 그러자 그들은 기쁨에 겨워 탄성을 토해내고 그간의 슬픔, 이별의 아픔, 온갖 고통, 음산한 추억의 집, 그녀의 나이 많은 남편, 스산한 정원, 마지막으로 뜨겁게 키스를 나누던 벤치를 순식간에 잊어버렸습니다. 이윽고 그녀는 자신을 으스러져라 껴안고 있던 그의 팔에서 빠져나옵니다······. 아, 나스텐카, 그런데 바로 이 순간 어떤 일이 일어났는지 아시겠어요? 건장한 체구에 키가 큰 한 젊은이, 명랑하고 장난치기 좋아하는 초대하지도 않은 친구가 방문을 열고 태연히 '어이, 나 지금 파블롭스크[20]에서 오는 길이야!'라고 하면 어떤 기분일 것 같습니까? 이웃집 정원에서 훔친 사과를 호주머니에 황급히 쑤셔넣는 학생 같은 기분이죠. 그러니까 벌떡 일어나 어쩔 줄 몰라하며 얼굴이 빨개질 수밖에요. 젠장! 늙은 백작이 죽어 꿈에도 생각지 못했던 행복이 드디어 찾아왔는데 하필이면 그 순간에 파블롭스크에서 친구가 올 건 또 뭡니까!"

나는 감동적인 어조로 얘기를 마치고 입을 다물었습니다. 그때

---

20 페테르부르크 남쪽에 위치한 외곽 도시.

웃음이 터지는 걸 간신히 억눌렀던 것 같습니다. 왜냐하면 내 안의 어떤 못된 악마가 꿈틀거리는 게 느껴졌기 때문입니다. 그러자 목구멍이 뜨거워지고 자꾸만 눈시울이 뜨거워졌던 것으로 기억됩니다……. 나는 영리한 눈을 크게 뜨고 얘기를 듣고 있던 나스텐카가 어린애처럼 깔깔대며 웃어댈 것으로 생각했습니다. 그러자 얘기를 너무 많이 한 것 같아 후회되었습니다. 오랫동안 가슴속에 묻어둔 이야기, 오래전에 스스로 자신에게 내린 판결이기 때문에 글을 읽듯이 얘기할 수밖에 없었던 얘기를 괜히 했다 싶었습니다. 그렇지만 얘기를 다 하지 않고는 견딜 수가 없었습니다. 고백하건대 남들이 날 이해해주리라고는 기대하지 않았습니다. 그런데 놀랍게도 나스텐카는 한참 동안 아무 말이 없다가 내 손을 살며시 쥐더니 연민이 담긴 목소리로 수줍게 말했습니다.

"정말, 정말 이제까지 그렇게 살아왔어요?"

"그럼요, 지금까지, 지금까지 난 그렇게 살아왔습니다. 그리고 또 그렇게 생을 마칠 겁니다."

"안 돼요, 그럴 수는 없어요."

그녀는 흥분해서 말했습니다.

"그래서는 안 돼요. 그렇게는 안 될 거예요. 그러면 나도 평생 할머니 곁에서 살 거예요. 여보세요, 그렇게 사는 게 안 좋다는 건 아시죠?"

"압니다, 나스텐카, 알고말고요!"

나는 북받치는 감정을 더 이상 억제하지 못하고 소리 높여 말했습니다.

"지금 그 어느 때보다도 더 잘 알겠습니다만 난 내 인생의 황금기를 무의미하게 보내고 말았습니다. 지금도 알아요. 그리고 그걸 알고 있다는 자각이 내 마음을 더 아프게 합니다. 하느님은 내가 그런 걸 얘기하고 증명할 수 있도록 내게 당신같이 착한 천사를 보내주었기 때문입니다. 당신 곁에 앉아 당신과 얘기를 나누고 있는 지금 이 순간 나는 미래에 대해 생각하는 게 두렵습니다. 또다시 고독, 케케묵은 삶, 무의미한 삶이 기다리고 있을 게 뻔하니까요. 그리고 내가 당신 곁에서 행복해했던 게 꿈이 아닌데 뭐 하러 꿈을 꾸겠습니까! 당신은 날 다짜고짜 거절하지 않았습니다. 당신은 내게 내 인생에서 비록 이틀 밤밖에 안 되지만 살아 있다는 걸 느끼게 해주었습니다. 나스텐카, 당신은 좋은 사람입니다. 복 받을 겁니다."

"아, 아니에요, 아니에요!"

나스텐카는 소리 높여 말했습니다. 그녀의 눈에는 눈물방울이 맺혀 반짝이고 있었습니다.

"안 돼요. 더 이상 그렇게는 안 될 거예요. 이렇게 헤어질 순 없어요! 이틀 밤이 뭐예요!"

"아, 나스텐카, 나스텐카! 당신 덕분에 난 나 자신과 오랜만에 화해했습니다. 아시겠어요? 난 더 이상 나 자신에 대해 예전처럼 비관적으로 생각하지 않을 겁니다. 아시겠습니까? 어쩌면 산다는 것 자체가 죄악이니까 살아가면서 죄를 지었다고 생각하며 괴로워하는 일은 그만둘지도 모르겠습니다. 아시겠어요? 제발 내가 당신을 과대평가하고 있다고는 생각하지 마십시오, 나스텐카. 난 사실 가끔 우울해질 때가 있거든요……. 그럴 때 나는 현실의 삶을 살아갈 능력이 없다는 생각이 자꾸만 듭니다. 현실에 대한 리듬이나 감각을 몽땅 상실해버리니까요. 그러다 끝내 나 자신을 저주하고 맙니다. 환상에 묻혀 며칠 밤을 지새우고 나면 제정신이 들 때가 있는데 그땐 정말 미칩니다! 주위의 인파가 거센 회오리바람처럼 맴돌며 휙휙 소리를 내는 게 들려옵니다. 사람들이 살아가는 모습이 보이고, 사람들이 살아가며 내는 소리가 들려옵니다. 다른 사람들의 삶은 틀에 박히지 않았어요. 또 꿈이나 환상처럼 산산이 부서지지도 않습니다. 다른 사람들의 삶은 끝없이 새로움과 젊음을 이어나가는 삶이에요. 그 어떤 순간도 같은 게 없습니다. 그에 비해 환상은 얼마나 음울하고 또 천박할 정도로 단조롭습니까. 그림자, 이데아의 노예지요. 갑자기 태양을 가려서 그토록 자신의 태양을 끔찍이 아끼는 진정한 한 페테르부르크인의 마음에 우울을 심어 압박하는 한 점의 구름입니다. 그러면 환상도 이내 우수에 잠기고 말죠! 이 **그칠 줄 모르는** 환상이 긴장을 거듭하다 마침내 지쳐 사라져가는 걸 느낄 수 있습니다. 사람은 성장하면서 예전의 꿈을 떨쳐버립니다. 그리고 마침내 예전의 꿈들은 산산이 부서져 먼지가 되고 맙니다. 만일 다른 세상이 존재하지 않는다면 그렇게 부서진 파편들을 모아 삶을 다시 꾸려 나가야 할 것입니다.

영혼은 뭔가 다른 것을 요구하고 원합니다. 그러면 우리의 꿈꾸는 주인공은 잿속을 헤집듯이 혹시 불씨가 살아 있지나 않을까 하는 마음에 부질없이 옛 꿈속을 헤집습니다. 불씨를 찾아 훅훅 불어 살린 후 차가워진 심장을 데우고 그 안에 담겨 있는, 예전에 영혼을 감동시켰던 소중한 것, 피를 끓게 하고 눈물을 쏟게 하고 또 그렇게 잘도 속이던 소중한 모든 것을 부활시키려 하는 겁니다. 나스텐카, 내가 어떤 상태에까지 이르렀는지 알겠지요? 난 어느새 내가 느낀 걸 기념하려고 하나 봅니다. 예전에는 지극히 소중했지만 실제로는 존재하지도 않았던 것인데도요. 기념한다는 건 어리석은 꿈을 떠올려보는 겁니다. 굳이 그래보는 건 어리석은 꿈이 이제는 존재하지 않기 때문입니다. 그러니까 그걸 되살릴 방법은 없습니다. 물론 꿈이 되살아나는 경우도 있기는 하지요. 난 요즘 회상하길 좋아합니다. 또 일정한 시간에 내가 언젠가 행복을 느꼈던 곳에 가서 흘러간 과거에 맞추어 현재를 설계하길 좋아합니다. 자주 아무런 목표나 목적도 없이 페테르부르크의 골목길과 거리를 따라 우울하고 서글픈 기분이 되어 그림자처럼 걸어다닙니다. 만감이 교차하지요! 예를 들어 정확히 일 년 전 바로 이 시간에 바로 이 보도를 따라 홀로 쓸쓸히 걸었던 기억이 새롭습니다. 지금과 똑같이! 당시에도 애잔한 꿈을 꾸었던 것 같습니다. 나을 게 없었지요. 그렇기는 해도 산다는 게 조금은 낫고 수월하다고 느꼈던 것 같습니다. 요즘처럼 날 붙들어매는 어두운 생각은 안 했던 것 같고요. 양심의 가책, 밤이나 낮이나 날 괴롭히는 음울한 가책은 없었던 것 같습니다. 자신에게 묻지요. '네 꿈은 어디에 있는가?'라고 말입니다. 머리를 흔들며 대답합니다. '세월 참 빨리도 간다.' 다시 자신에게 묻습니다. '그래 그동안 뭘 했는가? 자신의 황금기를 어디다 묻었는가? 살긴 산 건가?'라고 말입니다. 주위를 둘러보며 자신에게 말합니다. '참으로 각박해진 세상이다.'

　세월이 흐르면 쓸쓸한 고독이 밀려오고 목발을 짚은 노년이 부들부들 떨며 오겠지요. 그 뒤를 애수와 우울이 따를 거고요. 환상의 세계는 빛을 잃고 서서히 굳어져 마침내 시들고 말 겁니다. 꿈 또한 나뭇잎이 노래져 나무에서 떨어지듯 툭 떨어지고 말겠지요……. 아, 나스텐카! 홀로 된다는 것, 애착을 가질 대상이 하나도 없이 완전히 홀로 된다는 건 정말 서글픈 일입니다……. 왜냐하면 잃어버린 모든 것은 하나같이 부질없고 공허한 한 줄기 꿈에 불과하니까요!"

"제발 그만 하세요. 불쌍해서 더 이상 못 듣겠어요."

나스텐카는 흘러내리는 눈물을 닦으며 말했습니다.

"이젠 끝났어요! 이제 우린 헤어지지 않을 거예요. 내게 무슨 일이 일어나도 우리가 헤어지는 일은 절대로 없을 거예요. 보세요. 난 평범한 여자예요. 할머니가 가정교사를 붙여줬지만 많이 배우지도 못했어요. 그렇지만 당신을 이해해요. 당신이 내게 얘기한 모든 걸 나 또한 체험했기 때문이에요. 할머니가 날 옷핀으로 붙들어 매두었을 때 말이에요. 물론 난 당신처럼 얘기를 잘하지도 못할 거예요. 못 배웠거든요."

그녀는 수줍어하며 마지막 말을 덧붙였습니다. 추측건대 그녀는 내가 고상한 어법을 사용해가며 정열적으로 얘기를 한 데 대해 일종의 존경심 같은 것을 느끼지 않았나 싶습니다.

"당신이 속얘기를 털어놓아주어 정말 기뻐요. 이젠 당신이 어떤 사람인지 속속들이 알겠어요. 저 근데 말이죠. 나도 내 얘기를 들려드리고 싶어요. 하나도 숨기지 않고요. 듣고 나서 조언 부탁드려요. 당신은 똑똑한 분이에요. 그러니 조언을 해주시겠죠?"

"아, 나스텐카, 내 비록 누구에게 조언을 한 적이 없고 똑똑함

과는 거리가 먼 사람이지만 우리가 서로 조언을 해주며 산다면 정말 좋을 것 같습니다. 그래, 나스텐카, 어떤 조언을 해드릴까요? 편히 얘기해요. 난 지금 너무나 즐겁고 행복합니다. 자신도 있고 머릿속도 맑아서 무슨 말이든 척척 할 수 있어요."

"아니에요, 그게 아니에요!"

나스텐카는 깔깔 웃더니 내 말을 끊었습니다.

"내게 필요한 건 머리에서 나오는 조언이 아니라 가슴에서 우러나는 조언, 한평생 날 사랑해서 해주는 오빠 같은 조언이에요!"

"좋습니다, 나스텐카, 좋아요!"

나는 기쁨에 겨워 소리 높여 말했습니다.

"내 만일 당신을 지난 이십 년간 사랑했다 하더라도 지금처럼 열렬히 사랑하진 않았을 겁니다."

"손 주세요!"

나스텐카가 말했습니다.

"자요!"

"그럼, 이야기를 시작해볼까요?"

나스텐카의 이야기

"이야기의 절반은 이미 알고 계시죠? 내 말은 나에게 연로한 할머니가 계시다는 거 말이에요……."
"나머지 절반도 그 절반처럼 길지 않다면……."
나는 웃으며 한마디 했습니다.
"입 다물고 듣기나 하세요. 미리 다짐해두겠어요. 내 얘기를 끊지 마세요. 안 그러면 얘기가 옆길로 새요. 그러니까 얌전히 들으세요.
내겐 연로한 할머니가 계세요. 나는 아주 어렸을 때 아버지, 어머니가 돌아가시자 할머니에게 맡겨졌어요. 할머니는 옛날에 잘 살았나 봐요. 지금도 그때가 더 좋았다며 그 시절을 회상하시거든요. 할머니는 내게 프랑스어를 가르쳐주셨어요. 나중에는 선생님을 하나 붙여주셨죠. 내가 열다섯 살이 되었을 때(지금은 열일곱이죠) 선생님을 모시고 하는 공부는 끝났어요. 바로 그때 나는 장난꾸러기가 되었어요. 무슨 장난을 했는지 얘기하진 않겠지만 아무튼 좀 짓궂었어요. 어느 날 아침에 할머니가 날 부르시데요. 그래서 갔더니 눈이 안 보여 날 쫓아다닐 수 없다고 하면서 옷핀으로 내 옷을 당신 옷에 고정시키시더군요. 그러면서 앞으로 정신 차리지 않으면 평생 옆에 앉아 지내게 될 거라고 하시는 거예요. 정말이지 처음엔 아무 데도 못 갔어요. 일, 독서, 공부, 이 모든 걸 할머니 옆에서 해야만 했으니까요. 그러다 한번은 꾀를 내어 표클라에게 내 자리에 앉아 있으라고 설득했어요. 표클라는 우리 집 가정부인데 귀가 먹었어요. 나는 할머니가 안락의자에서 잠이 드신 걸 보고 표클라를 내 자리에 앉힌 후 가까운 데 사는 친구 집에 갔어요. 근데 결과가 안 좋았어요. 할머니는 내가 없는 사이 잠에서 깨어 뭔가를 물어보셨대요. 내가 옆자리에 얌전히 앉아 있다고 생각하시고 말이에요. 표클라는 표클라대로 할머니가 뭔가를 물으시는데 들을 수가 있어야죠. 어찌해야 좋을지 생각을 거듭하다가 옷핀을 빼고 줄행랑을 쳐버린 거예요……."

나스텐카는 여기서 얘기를 멈추더니 깔깔대며 웃기 시작했습니다. 나 또한 그녀와 함께 웃어댔습니다. 나스텐카는 이내 웃음을 멈추었습니다.

"할머니를 비웃지 마세요. 내가 웃는 건 우스우니까 웃는 거라고요……. 어쩌겠어요, 할머니는 그런 분인걸요. 그래도 난 할머니를 조금은 사랑해요. 그래요, 그때 붙들려 와서 곧바로 원래 자리에 앉혀졌어요. 꼼짝달싹도 못 하게 된 거죠, 뭐.

아, 참 한 가지 잊고 있었는데 우린, 아니 할머니에겐 할머니 소유의 집 한 채가 있어요. 창문이 통틀어 세 개밖에 안 되는 조그만 집이에요. 나무로만 지은 집이죠. 또 할머니만큼이나 오래된 집이고요. 위층에는 다락방이 하나 있는데 어느 날 새 세입자가 이사왔어요……."

"그렇다면 그전에도 세입자가 있었겠네요?"

나는 한마디 거들었습니다.

"물론 있었죠. 침묵할 줄 안다는 점에서 그 사람은 당신보다 나아요. 그 사람은 도대체 말을 하는 법이 없었어요. 마른 노인이었는데, 말이 없고 앞도 못 보는 데다가 다리까지 불편해서 도무지 산다는 것 자체가 불가능했죠. 결국 죽고 말았어요. 그러자 새 세입자가 필요했어요. 할머니 연금이 수입의 전부여서 세를 들이지 않고는 살아갈 수가 없었거든요. 새로 세든 사람은 뜻밖에도 타지에서 온 젊은 남자였어요. 남자가 방세에 대해 군말이 없자 할머니는 그를 들이셨어요. 그러고는 내게 '나스텐카, 세든 사람 나이가 많냐, 적냐?'고 물었어요. 나는 거짓말하고 싶지 않아 '아주 적다고는 할 수 없어요. 하지만 노인네는 아니에요'라고 대답했어요. 그랬더니 '그래, 괜찮게 생겼든?' 하고 물으시는 거예요.

역시 거짓말하고 싶지 않아 '네, 괜찮게 생겼어요, 할머니'라고 대답했지요. 그랬더니 할머니가 이러는 거예요. '아, 벌이다, 벌이야! 애야, 내가 네게 이런 얘길 하는 건 네가 그 남자를 쳐다보다 마음을 뺏길까 봐서야. 참 별난 세상이야! 신통치 않은 세입자도 용모가 그럴듯하니 말이야. 옛날엔 어림도 없었지!'라고요.

할머니는 모든 게 옛날이었으면 하신다니까요! 옛날에 할머니는 젊었었죠. 햇볕도 더 따스했고 생크림도 그렇게 쉬 쉬지는 않았대요. 뭐든지 옛날 타령이세요! 그래서 잠자코 앉아서 생각했지요. '할머니가 왜 그런 말씀을 하셨을까? 세든 사람이 젊냐고는 왜 물어보셨을까?' 그렇게 생각한 것도 잠깐, 나는 다시 코를 세며 털실로 양말을 짜다가 나중에는 그 일을 다 잊어버렸어요.

그러던 어느 날 아침 세입자가 우리한테 와서 자기 방을 도배해주기로 한 약속은 어떻게 되었느냐고 물었어요. 그러자 말이 오갔죠. 할머니는 얘기하길 좋아하시니까요. 그러더니 나더러 그러시더라고요. '나스텐카, 침실에 가서 주판 좀 갖다다오'라고요. 난 벌떡 일어났어요. 그런데 나도 모르게 얼굴이 달아오르데요.

난 내가 옷핀에 고정된 채 앉아 있었던 걸 깜박 잊고 있었어요. 세입자가 눈치채지 못하게 살짝 옷핀을 빼는 대신 할머니의 안락의자가 밀려날 정도로 나는 급히 움직였어요. 이제 세입자가 나에 대해 다 알아버렸다는 데 생각이 미치자 얼굴이 화끈거리더라고요. 나는 얼어붙은 듯 그 자리에 서 있다가 엉엉 울고 말았어요. 그땐 창피하고 서러워 죽겠더라고요! 할머니가 '아, 뭘 그러고 서 있어?' 하고 소리를 지르시자 더 서러웠어요……. 세입자는 내가 자기 때문에 창피해한다는 걸 알고 머리 숙여 인사하더니만 곧바로 자리를 떴어요!

그때 이후로 난 복도에서 무슨 소리만 들려와도 사색이 되었어요. 그러곤 세입자일 경우를 대비해서 살짝 옷핀을 뽑았어요. 그러나 그는 오지 않았어요. 그러기를 두 주일. 세입자는 표클라를 통해 좋은 프랑스어책을 많이 갖고 있으니 빌려가도 좋다고 알려왔어요. 그래서 할머니에게 심심하지 않도록 책을 읽어드릴까 하는데 어떠시냐고 물었죠. 할머니는 고마워하면서도 도덕적으로 괜찮은 책들이냐고 물으시더군요. 부도덕한 책이면 못된 걸 배우게 되니까 읽어서는 안 된다는 거였어요.

'뭘 배우게 된다고 그러세요, 할머니? 뭐라고 쓰여 있는데요?'

'아! 그런 책에는 말이다, 젊은 남자들이 조신한 처녀들을 유혹하는 게 묘사돼 있어. 결혼을 빙자해 부모로부터 납치한 후 나중엔 나 몰라라 하지. 그러면 불쌍한 것들은 지극히 비참한 종말을 맞는 게야. 그런 책들 참 많이도 읽었다. 하나같이 묘사는 기가 막혀. 그러니까 밤에 잠도 안 자고 몰래 읽는 거지. 그러니 나스텐카, 그런 책들은 읽지 않도록 조심해라. 그래 무슨 책들을 보내왔든?'

'전부 월터 스콧 소설들이에요, 할머니.'

'월터 스콧 소설이라! 그건 됐다. 한데 무슨 딴마음이 숨겨져 있는 건 아니냐? 잘 살펴봐라. 연애편지 같은 것 안 들어 있냐?'

'없어요, 할머니, 아무 쪽지도 없어요.'

'그럼 표지 안쪽을 한번 살펴봐라. 가끔 거기다가도 슬쩍 끼워 넣거든, 날강도 같은 놈들이······.'

'없어요, 할머니, 표지 안쪽에도 없어요.'

'그래, 흠, 흠!'

그렇게 해서 우린 월터 스콧 작품을 읽게 됐어요. 한 달쯤 후엔 근 절반을 읽어냈죠. 그러자 그는 계속 책을 보내왔어요. 푸시킨 작품도 보내주었어요. 나중엔 책 없이는 못 살 것 같더라고요. 자연히 중국 왕자에게 시집갈 생각은 그만두었죠.

그러던 차에 일이 벌어졌어요. 계단에서 세입자와 마주친 거예요. 할머니가 뭘 가져오라고 해서 가던 중이었거든요. 그가 멈칫하자 나는 얼굴이 빨개졌어요. 그러자 그도 얼굴이 빨개졌죠. 그러나 곧이어 웃더니만 내게 인사를 하고, 할머니의 건강에 대해 물으며 책을 다 읽었느냐고 하더군요. 다 읽었다고 했죠. 어떤 책이 가장 맘에 들더냐고 묻기에 『아이반호』[21]와 푸시킨이라고 대답했어요. 그날은 그렇게 끝났어요.

일주일 후 다시 계단에서 그와 마주쳤어요. 이번엔 할머니 심부름으로 간 게 아니었어요. 왠지 나 스스로 그쪽으로 가고 싶었어요. 두시에서 세시 사이였는데 세입자는 그 시간에 귀가하곤 했었어요. 내게 '안녕하세요'라고 인사를 해서 나도 '안녕하세요'라고 인사했죠.

'그런데 하루 종일 할머니 옆에 앉아 있으면 심심하지 않아요?'라고 묻데요.

그 사람이 왜 물었는지는 몰라요. 그렇지만 질문을 받는 순간 창피해서 얼굴이 화끈거렸어요. 다른 사람들이 그걸 물었을 때도 그랬을 거예요. 이어서 말하더군요.

'들어봐요. 당신은 좋은 여잡니다. 이런 말 해서 죄송합니다만 나는 당신이 잘되었으면 좋겠습니다. 이 마음은 당신 할머니보다 더했으면 더했지 못하지는 않을 겁니다. 찾아갈 여자친구도 없지요?'

나는 마셴카가 있었지만 걔마저 프스코프로 간 후로는 아무도

---

[21] 월터 스콧의 소설.

없다고 대답했어요.

'나랑 극장 가지 않을래요?'

'극장에요? 할머니는 어떻게 하고요?'

'할머니 몰래 살짝……'

'안 돼요, 할머니를 속이고 싶지 않아요. 안녕히 가세요!'

'그럼 안녕히 가세요'

그는 더 이상 아무 말도 안 했어요.

식사 후에 그는 우릴 찾아왔어요. 그러곤 앉아서 오랫동안 할머니와 얘기를 하며 어디 나들이하시는 데는 없는지, 아시는 사람은 있는지 꼬치꼬치 묻데요. 그러다 불쑥 이렇게 말했어요.

'오늘 오페라 〈세빌리아의 이발사〉 티켓을 구했습니다. 특별석입니다. 원래 아는 사람들과 함께 가려고 했는데 그 사람들이 못 간답니다. 그래서 티켓이 남았습니다.'

'〈세빌리아의 이발사〉라고! 그 무엇이냐, 옛날에 상연했던 바로 그 이발사인가?'

할머니는 큰 소리로 물었습니다.

'예, 바로 그 이발사입니다.'

그는 이렇게 말하며 나를 힐끗 쳐다봤어요. 나는 그의 의도를 알아차리고 얼굴을 붉혔어요. 기대감에 심장은 콩닥콩닥 뛰기 시작했고요!

'그렇지, 그걸 왜 모르겠어! 고향에서 내가 로지나 역을 맡았거든!'

'그럼 오늘 같이 가시지 않겠습니까?'

'그래, 그렇게 하지. 못 갈 이유가 없지. 근데 말이야, 우리 나스텐카는 극장에 한 번도 못 가봤어.'

세상에, 난 얼마나 기뻤는지 몰라요! 우린 즉시 갈 준비를 하고 떠났어요. 할머니는 비록 앞을 보시진 못해도 음악은 듣고 싶어 하셨어요. 마음 씀씀이도 그만이고요. 할머니는 자기 자신보다는 날 즐겁게 해주려고 하셨거든요. 우리끼리 가는 건 꿈도 못 꾸었을 거예요. 〈세빌리아의 이발사〉에 얼마나 깊은 감동을 받았는지 얘기하지는 않겠어요. 하지만 한 가지는 얘기하고 싶어요. 세입자가 그날 밤 날 바라보는 눈길이며 하는 말이 너무도 좋았어요. 그때 난 깨달았어요. 그날 아침 자기랑 단둘이 가자고 얘기한 건 날 떠보려고 한 것이라는 걸 말이에요. 아, 얼마나 좋았는지 몰라요! 잠자리에 들어서도 너무나 뿌듯하고 즐거웠어요. 가슴은 계속 두근거렸고요. 나중엔 열까지 나더라고요. 난 밤새 〈세빌리아의 이발사〉 꿈을 꾸며 잠꼬대를 했어요.

그 일이 있고 난 후 난 그 사람의 방문 횟수가 늘어날 거라고 생각했어요. 그런데 아니었어요. 완전히 발길을 끊다시피했어요. 기껏해야 한 달에 한 번꼴로 왔는데 그것도 극장에 초대하기 위해서였어요. 그래서 이후 극장에는 두 번 정도 더 갔었죠. 난 그게 불만이었어요. 그리고 마침내 알았죠. 그는 단순히 내가 할머니 집에 그렇게 내동댕이쳐져 있다는 게 불쌍했던 거예요. 그 이상은 아니었어요. 그렇게 시간이 흐르자 내게는 변화가 일기 시작했어요. 앉아 있어도 앉아 있는 게 아니었고 책을 읽어도 읽는 게 아니었어요. 일을 해도 마찬가지였어요. 때로는 혼자서 웃기도 하고 할머니에게 못되게 굴기도 했어요. 그런가 하면 마냥 눈물이 쏟아지고요. 결국 나는 야위어갔고 아프기까지 했어요. 오페라 시즌이 끝나자 세입자는 완전히 발길을 끊었어요. 가끔 계단에서 마주치면, 물론 항상 같은 계단이었죠, 마치 말하기조차 싫다는 듯 말없이 근엄하게 인사를 하곤 자기 방 쪽으로 가버렸어요. 그러면 나는 계단 한가운데 우두커니 서서 버찌처럼 마냥 얼굴만 붉히고 있었어요. 그 사람만 보면 온몸의 피가 얼굴로 솟구쳤어요.

이제 곧 끝나요. 정확히 일 년 전, 오월에 세입자가 와서 할머니에게 이곳의 일이 완전히 끝나 다시 모스크바에 일 년간 가 있어야 한다고 하더군요. 나는 그 말을 듣는 순간 힘이 쭉 빠져 의자에 털썩 주저앉고 말았어요. 할머니는 눈치채지 못했어요. 하지만 그 사람은 떠난다고 인사하고 나서는 가버렸어요.

어떡하겠어요? 나는 생각에 생각을 거듭하며 괴로워했어요.

백야 67

그러다 마침내 마음을 굳혔어요. 내일이면 가니까 저녁때 할머니가 주무시러 가면 담판을 지어야 하고 말이에요. 실제로 그렇게 했어요. 나는 필요한 옷가지와 속옷을 챙겨 보따리를 꾸린 후 보따리를 안고 세입자가 사는 다락방으로 향했어요. 제정신이 아니었죠. 계단을 올라가는 데 한 시간이나 걸리지 않았나 싶어요. 방문을 열자 그 사람은 나를 보고 외마디 소리를 지르더군요. 유령이라고 생각했나 봐요. 내가 가까스로 몸을 가누며 서 있자 그는 마실 물을 들고 다가왔어요. 가슴이 두근거리고 머리가 지끈거렸어요. 의식은 혼미해지고요. 나는 정신이 좀 들자 침대에 보따리를 내려놓고 주저앉았어요. 그러곤 두 손으로 얼굴을 가리고 엉엉 울기 시작했어요. 그는 순식간에 상황을 파악했나 봐요. 창백한 얼굴로 내 앞에 서서 안쓰러운 눈길로 나를 바라보았어요. 그걸 보자 마음이 아프더군요. 그는 입을 열어 얘길 시작했어요.

'들어봐요. 나스텐카, 내 말 좀 들어봐요. 난 아무것도 할 수 없어요. 난 가난해요. 현재로선 가진 게 없어요. 변변한 일자리도 없어요. 그러니 당신과 결혼한다 하더라도 뭘 먹고 살아요?'

우린 오랫동안 얘기했어요. 나중에는 머리가 멍해지더군요. 그래서 말했죠. 할머니 집에서는 더 이상 못 살겠다, 집을 나가겠다, 옷핀으로 붙들어 매두는 걸 더 이상 못 참겠다, 당신만 좋다면 모스크바에 따라가겠다, 당신 없이는 못 살겠다고요. 내 안의 수치심, 사랑, 자존심, 이 모든 게 한꺼번에 쏟아져 나왔어요. 나는 바르르 떨며 침대에 쓰러지고 말았어요. 그 사람이 거절할까 봐 너무 두려웠던 거예요!

그 사람은 말없이 잠시 앉아 있다가 일어나서 내게로 다가와 손을 잡으며 말했어요.

'내 말 들어요, 사랑스러운 나스텐카!'

그이 역시 눈물을 흘리며 말했어요.

'내 말 들어요. 맹세컨대 언젠가 결혼할 여건이 되면 반드시 당신을 택할 겁니다. 거듭 다짐하건대 오로지 당신만이 날 행복하게 해줄 수 있어요. 잘 들으세요. 정확히 일 년만 모스크바에 있다 오겠어요. 일이 잘되었으면 좋겠어요. 돌아와서도 당신이 날 여전히 사랑하고 있다면 맹세코 행복은 우리 것이 될 겁니다. 지금은 불가능해요. 어쩔 수가 없어요. 난 당신에게 아무것도 약속할 수 없어요. 그럴 권리도 없어요. 하지만 다시 한 번 말하건대 일 년 후, 그때가 아니라도 언젠가는 반드시 그렇게 될 겁니다. 물론 당신이 다른 사람을 택하지 않았을 경우에만요. 말로써 당신을 구속해선 안 되고 또 감히 그럴 수도 없으니까요.'

그 사람은 그렇게 말하고는 다음 날 떠났어요. 할머니에게 우리 얘기는 비밀로 하기로 하고요. 그 사람 뜻이었어요. 이제 내

이야기 거의 다 끝났어요. 정확히 일 년이 흘렀어요. 그 사람은 돌아왔어요. 벌써 사흘 됐어요. 그런데, 그런데……."

"그런데 뭐예요?"

나는 끝이 궁금해서 견딜 수가 없었습니다. 그래서 소리치다시피 물었습니다.

"지금까지도 안 나타났단 말이에요!"

나스텐카는 힘을 내기라도 하려는 듯 그렇게 대답했습니다.

"오리무중이라고요……."

그녀는 여기서 말을 멈추고 얼마간 침묵하더니 고개를 떨어뜨렸습니다. 그러곤 느닷없이 두 손으로 얼굴을 감싸더니 소리 내 울기 시작했습니다. 그녀가 우는 걸 보자 나는 속이 상했습니다.

얘기가 그렇게 끝나리라고는 전혀 예상치 못했습니다. 나는 조심스레 그녀를 달래기 시작했습니다.

"나스텐카! 나스텐카! 제발 울지 말아요! 어떻게 알아요? 어쩌면 아직 안 왔는지도……."

"여기 있어요, 여기에! 그 사람은 여기에 왔어요. 난 알아요. 그 사람이 떠나기 전날 밤 한 약속이 있어요. 당신에게 아까 전부 말했지만 우린 얘길 마친 후 여기 이 강변도로로 산책하러 나왔어요. 열시였어요. 우린 이 벤치에 앉았어요. 난 더 이상 울지 않았어요. 그 사람이 하는 말을 듣는 게 너무 달콤했어요…….

그 사람은 그랬어요. 돌아오는 즉시 우리 집에 왔을 때 내가 자기를 퇴짜놓지 않는다면 나랑 할머니에게 죄다 말씀드리겠다고요. 그 사람 지금 돌아왔어요, 난 알아요. 근데 안 오잖아요, 안 온다고요!"

그녀는 다시 눈물을 쏟았습니다.

"세상에! 고통을 달랠 길은 정녕 없단 말인가?"

나는 벤치에서 벌떡 일어나 극도의 절망감에 외쳤습니다.

"나스텐카, 나라도 그 사람에게 가보면 안 될까요?"

"가능하겠어요?"

그녀는 갑자기 고개를 들고 물었습니다.

"아뇨, 물론 안 되죠! 근데 말이죠. 편지를 써보세요."

나는 마음을 바꾸고 말했습니다.

"안 돼요, 그건 안 돼요, 그건 불가능해요!"

그녀는 고개를 떨어뜨린 채 나를 쳐다보지도 않고 말했습니다.

"왜 안 돼요? 왜 안 된다는 겁니까?"

나는 내 생각에 집착하며 말했습니다.

"하지만 나스텐카, 편지가 어때서요! 편지도 편지 나름이에요……. 아, 나스텐카, 이렇게 합시다! 날 믿으세요, 믿어보세요! 나쁜 조언은 안 할 겁니다. 다 수습할 수 있어요. 일은 당신이 벌여놓고 왜 이제 와서……"

"안 돼요. 안 돼! 그러면 내가 마치 강요하는 것처럼……."
"아, 착한 나의 나스텐카!"
나는 미소를 지으며 그녀의 말을 가로챘습니다.
"아니에요, 그게 아닙니다. 결국 당신은 잘못한 게 없어요. 약속한 건 그 사람이잖아요. 모든 걸 종합해보건대 그는 신중한 사람입니다. 행실도 바르고."
나는 나 자신의 논증과 확신이 논리적인 데 대해 점차 희열을 느끼며 말을 이어나갔습니다.
"그가 어떻게 행동했느냐고요? 그는 약속을 함으로써 자신에게 족쇄를 채웠습니다. 그는 당신 외에는 그 누구하고도 결혼하지 않겠다고 했습니다. 만약 결혼을 한다면요. 당신에게는 지금이라도 그를 퇴짜놓을 수 있는 완전한 자유를 주었고요……. 이 경우 당신은 먼저 행동할 수 있습니다. 당신에겐 그럴 권리가 있습니다. 당신에게 우선권이 있는 겁니다. 설사 만일 예를 들어 당신이 그를 약속에서 해방시켜주고 싶다 하더라도……."
"근데 말이에요, 당신이라면 어떻게 쓰겠어요?"
"뭘요?"
"그 편지 말이에요."
"나라면 이렇게 쓰겠습니다. '선생님……'"
"꼭 '선생님'이라고 해야만 돼요?"

"반드시요! 그런데 왜요? 난……."

"그냥, 그냥요! 계속하세요!"

"'선생님, 죄송합니다. 제가……' 음, 아니에요. 그렇게 사과할 필요는 없습니다! 여기선 사실 자체로 충분하니까 간단히 쓰세요.

'당신께 씁니다. 저의 조급함을 용서해주시기 바랍니다. 전 꼬박 일 년을 희망에 부풀어 행복하게 지냈습니다. 그러니 이제 제가 의심을 품고는 단 하루도 살 수 없다면 과연 제 잘못일까요? 지금쯤 당신은 벌써 이곳에 도착하여 어쩌면 이미 마음을 바꿨을지도 모르겠습니다. 그 경우 이 편지는 제가 당신에게 불평을 늘어놓거나 당신을 탓하기 위해서가 아님을 밝혀둡니다. 저는 제가 당신의 마음을 사로잡지 못했다고 해서 당신을 원망하지 않습니다. 제 운명이 그런걸요!

당신은 점잖은 분입니다. 편지 내용이 조급하다 하여 비웃거나 화를 내지는 않으시리라 믿습니다. 한 가련한 처녀, 가르침을 받거나 조언을 받을 사람 하나 없는 외로운 처녀, 자신의 마음을 다스릴 줄 모르는 여자가 썼다는 걸 기억해주시기 바랍니다. 또한 잠시나마 의심을 품은 걸 용서해주시기 바랍니다. 당신은 당신을 그토록 사랑했고 지금도 사랑하고 있는 한 여자에게 모멸감을 안겨줄 분이 아닙니다. 그럴 생각조차 할 분이 아닙니다.'"

"맞아요, 맞아! 바로 그거예요. 내 생각과 똑같아요!"

그렇게 외치는 나스텐카의 눈은 기쁨으로 반짝이고 있었습니다.

"아! 당신이 의혹을 풀어주었어요. 당신은 신이 보내준 분이에요! 고마워요, 고마워요!"

"뭐가요? 신이 날 당신에게 보내준 게?"

나는 기뻐하는 그녀의 사랑스러운 얼굴을 바라보며 희열을 느꼈습니다.

"그래요, 그게 어딘데요."

"아, 나스텐카! 우린 사람들이 우리와 함께 살고 있다는 것만으로도 그들에게 고마워합니다. 난 당신이 날 만나주었고, 평생 당신을 기억하게 해주었다는 데 대해 당신이 얼마나 고마운지 모릅니다!"

"됐어요, 그만 하세요! 이제 내 얘기 좀 들어보세요. 당시에 약속을 하나 했어요. 그 사람이 도착하면 즉시 알려주기로 한 거예요. 우리 관계에 대해 아무것도 모르는 착하고 순박한 내 친구들 중 누군가에게 편지를 전달해서 말이에요. 그러나 만일 내가 편지를 쓸 상황이 되지 않으면, 사실 편지에 모든 걸 항상 다 쓸 수는 없잖아요, 그러면 도착하는 날 정확히 열시에 우리가 만나기로 한 장소, 바로 이곳으로 오기로 했어요. 그 사람이 도착한 건 이미 알고 있어요. 근데 사흘이 되도록 편지도 없고 사람도 안 오는 거예요. 아침 일찍 할머니 집에서 나오는 건 불가능해요. 내가 얘기한 착한 사람들에게 내 편지를 당신이 내일 직접 갖다주세요. 그러면 그 사람에게 전달해줄 거예요. 그리고 만일 답장이 있으면 밤 열시에 내게 갖다주세요."

"하지만 편지, 편지는요! 먼저 편지를 써야 하잖아요! 그러면 모레나 돼야 가능할 텐데요."

"편지요······."

나스텐카는 잠시 웃더니 말했습니다.

"편지요······ 하지만······."

그녀는 말을 끝까지 하지 않았습니다. 그녀는 얼굴을 내게서 돌렸습니다. 그녀의 얼굴은 장미처럼 빨개졌습니다. 순간 갑자기 손안에 편지가 있는 게 느껴졌습니다. 이미 오래전에 쓰인 듯 깔끔했고 밀봉까지 된 편지였습니다. 그러자 사랑스럽고 우아한 낯익은 기억이 머릿속을 스치고 지나갔습니다.

"로, 로, 지, 지, 나, 나."

나는 이름을 또박또박 되새기며 발음했습니다.

"로지나!"[22]

우린 합창하듯 동시에 외쳤습니다. 나는 너무나 즐거운 나머지 하마터면 그녀를 껴안을 뻔했습니다. 그녀는 얼굴을 있는 대로

---

[22] 〈세빌리아의 이발사〉의 여주인공 이름.

백야

다 붉혔습니다. 그녀의 까만 속눈썹에 진주처럼 맺힌 눈물방울이 떨고 있었습니다. 눈물 바람으로 그녀가 웃었습니다.

"그만, 그만 해요! 이제 가세요!"

그녀는 속사포처럼 쏟아부었습니다.

"여기 편지 있어요, 편지를 전달할 주소도요. 어서 가세요! 안녕히 가세요! 내일 봐요!"

그녀는 나의 두 손을 꼭 잡고 머리를 까딱하더니 쏜살같이 골목 안으로 사라졌습니다. 나는 그런 그녀를 눈으로 배웅하며 오랫동안 그 자리에 서 있었습니다.

'내일 봐요! 내일 봐요!'

그녀가 시야에서 사라지자 머릿속을 맴돈 말이었습니다.

세 번째 밤

    오늘은 서글픈 날이었습니다. 비가 내리고 어두컴컴한 것이 꼭 앞으로 찾아올 나의 노년을 보는 것 같았습니다. 왠지 이상한 생각, 불길한 느낌, 여전히 정체를 알 수 없는 의문들이 머릿속에서 맴돌고 있지만 이를 규명할 힘도 의욕도 나지 않습니다. 이 모든 걸 규명하는 건 내 소관이 아니니까요!
    우리는 오늘 못 만날 겁니다. 어제 헤어질 때 하늘엔 먹구름이 드리우기 시작했고 안개가 피어오르고 있었습니다. 내가 내일은 날씨가 나쁠 거라고 하자 그녀는 아무 말도 하지 않았습니다. 기대를 저버리고 싶지 않았던 겁니다. 맑고 화창한 날이 될 것이고 자신의 행복에 먹구름이 드리우는 일은 없을 거라고 믿었으니까요.

"비가 오면 우리 만나지 말아요! 난 안 올 거예요"라고 그녀는 말했습니다.

나는 그녀가 오늘 비가 올 걸 염두에 두고 말했다고는 생각하지 않았습니다. 그러나 어쨌든 오지 않았습니다.

어제의 만남은 우리의 세 번째 만남이었습니다. 어젯밤은 우리의 세 번째 백야[23]였고요······.

그렇지만 기쁨과 행복은 사람을 참으로 훌륭히 변화시킵니다. 사랑으로 심장이 끓는 소리를 들어보십시오! 자신의 마음을 다른 사람의 심장에 쏟아붓고 싶고 모두가 즐겁고 환하게 웃었으면 하고 바라게 되지요. 그런 기쁨은 전염성이 강하기도 하지요! 어제 그녀의 말에는 애정, 나에 대한 선한 마음이 듬뿍 담겨 있었습니다. 얼마나 내게 잘해주었고, 또 얼마나 내게 애교를 부렸는데요, 얼마나 내 마음을 잘 알아주고 달래주었는데요! 행복하면 별의별 애교가 다 나오는 거죠! 그런데 난······ 그 모든 걸 진심이라고 생각하고 받아들였습니다. 난 그녀가······.

하느님, 맙소사, 왜 그런 생각을 했는지 모르겠습니다. 어쩌면 그렇게 눈이 멀 수가 있었는지. 이미 전부 다른 사람 것이 되어 내 것이 아닌데도요. 그녀가 보인 다정함, 자상함, 사랑······. 그

---

[23] 북유럽 및 페테르부르크를 포함하여 러시아 북부에 5월부터 6월까지 나타나는 현상으로, 해가 지평선을 넘어가지 않으므로 밤이 되어도 약간 어두워지기만 할 뿐 캄캄해지지는 않음.

렇습니다. 나에 대한 사랑도, 이 모든 건 결국 다른 사람을 곧 만나게 될 거라는 데서 비롯된 기쁨, 내게도 자신의 행복을 강요하려는 욕심에 다름 아니었던가요……? 그가 나타나지 않고 기대가 무산되자 그녀는 겁이 났고 두려워진 겁니다. 그녀의 말이나 행동에서 사뿐함이나 경쾌함, 또는 쾌활함은 더 이상 느껴지지 않았습니다. 그러자 참으로 기이하기도 하지요, 나에 대한 관심을 배로 쏟더라고요. 마치 자기가 바라던 것, 실현되지 않을까 봐 두려워하던 것을 본능적으로 내게 쏟아부으려는 듯 말입니다. 나 스텐카는 너무 겁이 나고 놀란 나머지 아마도 내가 자기를 사랑한다는 걸 나중에 깨닫고 날 불쌍히 여긴 것 같습니다. 사람은 자신이 불행할 때 타인의 불행에 더욱 공감하게 됩니다. 감정은 흩어지는 게 아니라 한 곳에 모이는 법이니까요…….

나는 부푼 가슴으로 그녀의 집 근처에 왔지만 그녀를 만나게 되리라고는 기대하지 않았습니다. 나는 지금의 느낌이나 결말을 당시에는 전혀 감지하지 못했습니다. 그녀는 환한 얼굴로 답장을 기대하고 있었습니다. 답장은 그 사람이었고, 그는 그녀의 부름을 받자마자 달려와야 했습니다.

그녀는 나보다 한 시간이나 먼저 와 있었습니다. 처음에 그녀는 내가 한마디 할 때마다 웃어댔습니다. 나는 얘기를 시작하려다가 그만두었습니다.

"내가 왜 이렇게 즐거워하는지 아시겠어요?"

그녀가 물었습니다.

"오늘 당신을 보며 왜 기뻐하는지, 당신을 왜 좋아하는지 아시겠어요?"

"왜 그런 건데요?"

이렇게 물으며 나는 가슴이 두근거렸습니다.

"당신을 좋아하는 이유는 당신이 나에게 반하지 않았기 때문이에요. 다른 사람이 당신 입장이었다면 날 불안하게 하고 귀찮게 굴며 연신 한숨을 쉬고 앓아누웠을 거예요. 하지만 당신은 참으로 귀여워요!"

이렇게 말하면서 그녀는 내 손을 꼭 쥐었습니다. 나는 하마터면 소리를 지를 뻔했습니다. 그러자 그녀는 웃음을 터뜨렸습니다.

"세상에! 당신은 친구치곤 참 별난 친구예요!"

그녀는 잠시 후 매우 진지하게 말했습니다.

"당신은 신이 내게 보낸 분이에요! 지금 당신이 내 곁에 없다면 내게 무슨 일이 일어날지 몰라요. 어쩜 그렇게도 사심이 없으세요! 당신은 너무도 날 아껴줘요! 내가 결혼하더라도 우린 친형제 이상으로 다정히 지낼 거예요. 난 당신을 사랑할 거예요. 그 사람의……."

순간 나는 왠지 너무도 서글퍼졌습니다. 하지만 머릿속에서는 웃음소리 같은 게 울려퍼지고 있었습니다.

"당신 제정신이 아니군요. 겁을 내고 있어요. 그 사람이 안 올 거라고 생각하고 있어요."

"하느님, 이분을 용서해주세요! 만일 지금 내가 별로 행복하지 않다면 아마 당신이 내 말을 안 믿고 비난한다 해서 울고 말 거예요. 그건 그렇고 당신은 내게 고민거리를 하나 주었어요. 오랫동안 곰곰이 생각해봤어요. 하지만 그 얘기는 나중에 하도록 하고 지금은 실토할 게 있어요. 당신 말이 맞아요. 그래요! 난 제정신이 아니에요. 왠지 잔뜩 들떠 있고 모든 게 너무 쉽다는 느낌이 들어요. 에이, 그만 하죠. 느낌 얘기는 그만두자고요!"

그때 인기척이 들려오고 어둠 속에서 한 행인이 나타나 우리를 향해 걸어왔습니다. 우린 둘 다 몸을 떨었고 그녀는 비명까지 지를 뻔했습니다. 나는 그녀의 손을 놓고 자리를 뜨는 시늉을 했습니다. 그러나 그럴 필요는 없었습니다. 그 사람이 아니었던 것입니다.

"뭘 두려워하시죠? 왜 내 손을 놓았어요?"

그녀는 다시 내게 손을 주며 말했습니다.

"뭐가 어때서요? 우리 그 사람 함께 만나죠, 뭐. 난 그 사람이 우리가 얼마나 서로 사랑하는지 보았으면 좋겠어요."

"우리가 얼마나 서로 사랑하는지!"

나는 소리치고 말았습니다. 이어서 생각했습니다.
 '아, 나스텐카, 나스텐카! 어쩜 말 한마디로 그 많은 걸 표현하지! 그건 종종 사람의 가슴을 서늘하게 하고 마음을 무겁게 하는 그런 사랑이야, 나스텐카. 그대의 손은 차가워, 나스텐카. 하지만 내 손은 불덩어리처럼 뜨겁지. 어쩜 그렇게도 눈이 멀었어, 나스텐카……. 아! 행복해하는 사람을 보는 것도 때로는 역겨워! 그래도 난 그대에게 화를 낼 수 없어…….'
이윽고 가슴이 답답해졌습니다.
"들어봐요, 나스텐카!"
나는 외치듯 말했습니다.
"하루 종일 내게 무슨 일이 있었는지 알아요?"
"네, 무슨 일이 있었는데요? 말해보세요, 어서! 어쩜 이제야 얘기를 하는 거예요!"
"먼저 당신이 부탁한 대로 편지를 착한 당신 친구에게 전달하고, 그러고 나서…… 집에 돌아와 잠자리에 들었습니다."
"그게 다예요?"
그녀는 웃으며 내 말을 가로챘습니다.
"네, 거의 답니다."
나는 북받치는 감정을 누르며 대답했습니다. 눈에는 어느덧 바보 같은 눈물이 고여왔습니다.

"그러곤 당신을 만나기 한 시간 전에야 잠을 깼습니다만, 잠은 잔 것 같지도 않습니다. 왜 그랬는지 모르겠어요. 당신에게 이 모든 걸 얘기하겠다고 맘먹고 나는 걸었습니다. 시간이 정지된 느낌이었습니다. 마치 오로지 한 가지 느낌, 한 가지 감정만이 그 순간부터 영원히 내 안에 자리해야 하고 그 순간은 영원히 지속되어야 하는 것 같았습니다. 삶이 정지해버린 것 같았어요……. 정신을 차렸을 때는 어디선가 들은 적이 있는, 오래전부터 친숙한, 그러나 잊고 있었던 달콤한 멜로디가 생각나는 것 같았습니다. 그동안 영혼의 바깥으로 나오려고 몸부림을 치다가 그제야 나오지 않았나 싶습니다……."

"아, 하느님, 맙소사!"

나스텐카가 다시 얘기를 가로챘습니다.

"그게 다 무슨 얘기예요? 무슨 말인지 하나도 못 알아듣겠어요."

"아, 나스텐카! 난 어떻게든 그 희한한 느낌을 당신에게 얘기해주고 싶었어요……."

나는 애절한 목소리로 얘기를 이어갔습니다. 그런 내 목소리에는 비록 멀어지긴 했지만 아직도 희망이 살아 숨쉬고 있었습니다.

"그만, 그만 하세요, 그만!"

그녀가 외쳤습니다. 그녀는 그걸 금방 눈치채고 말았습니다. 여우 같은 여자!

백야 83

그녀는 갑자기 굉장히 말이 많아지고 즐거워했으며 장난기까지 보였습니다. 그녀는 내 손을 잡고 웃으며 나도 자기를 따라 웃길 바랐습니다. 당황한 내 입에서 나오는 말은 죄다 고음의 긴 웃음소리가 되어 돌아왔고……. 내가 화를 내자 그녀는 여우짓을 그만두었습니다.

"여보세요."

그녀가 입을 열었습니다.

"당신이 나에게 반하지 않아 사실 기분이 좀 언짢아요. 그 사람을 알고 난 후로는 사람 속을 모르겠어요! 그래도 어쨌든 돌부처님, 당신은 내가 솔직한 데 대해 칭찬하지 않을 수 없을걸요. 말이 되건 안 되건 머릿속에 떠오르는 걸 전부 당신에게 얘기하잖아요."

"잠깐만요! 들어봐요, 열한시인 것 같죠?"

멀리 시내 종탑에서 들려오는 규칙적인 종소리에 귀를 기울이며 나는 말했습니다. 그녀는 갑자기 말을 멈추더니 웃음을 그치고 종소리를 세기 시작했습니다.

"맞아요, 열한시예요"

이윽고 그녀는 힘없는 목소리로 조그맣게 말했습니다.

나는 그녀로 하여금 종소리를 세게 하고, 주눅들게 한 걸 이내 후회하고 그녀에게 몹쓸 짓을 한 데 대해 자신을 책망했습니다.

그녀가 측은해졌지만 어떻게 달래줘야 좋을지 몰랐습니다. 나는 그녀를 위로하고 그가 오지 않은 이유를 찾기 시작했습니다. 다양한 논제와 증거를 제시하며 말입니다. 그 순간 그녀를 속이는 것은 누워서 떡 먹기보다 쉬웠습니다. 누구든 그 순간에는 위로의 말에 기꺼이 귀를 기울이며 조금이라도 그럴듯하게 들리면 기뻐하고 또 기뻐했을 것입니다.

"참으로 어처구니없는 일입니다."

나는 증거를 제시하는 데 점점 열을 올렸고 증거가 명백한 데 대해 나 자신도 놀라워하며 말했습니다.

"그래서 그는 올 수 없었던 겁니다. 당신은 나 역시 잘못 생각하게 하고 헷갈리게 했어요. 그래서 나는 시간 개념도 잃어버린 겁니다, 나스텐카……. 단, 이건 알아둬요. 그는 가까스로 편지를 받았을 겁니다. 그가 못 온다고 가정해봅시다. 그리고 답장을 쓴다고 가정해봅시다. 그러면 편지는 내일 이전에는 도착할 수 없습니다. 이 경우 내일 날이 밝는 대로 편지를 가지러 가서 즉시 당신에게 알려드리겠습니다. 그러니까 가능성은 아주 많아요. 편지가 도착했을 때 그가 집에 없었을 수도 있지 않습니까? 편지를 여태 읽지 않았을 가능성도 있고요. 가능성은 여럿입니다."

"그래요, 맞아요!"

나스텐카가 대꾸했습니다.

"여러 가지 가능성이 있다는 생각은 미처 못 했어요."

그녀는 지극히 얌전한 목소리로 얘기를 이어나갔지만 목소리에는 신경을 건드리는 불협화음처럼 그 어떤 딴생각이 묻어 있었습니다.

"이렇게 해주세요. 내일 가능한 한 일찍 가서 알아보고 뭔가 있으면 바로 내게 알려주세요. 내가 어디에 사는지 아시죠?"

그녀는 이렇게 말하며 자신의 주소를 다시 알려주었습니다.

그런 후 그녀는 갑자기 수줍어하며 날 다정히 대하기 시작했습니다……. 그녀는 내 말을 주의 깊게 듣는 것 같았습니다. 그러다 내가 뭔가 묻자 입을 다물고 당황해하며 고개를 돌렸습니다. 나는 슬쩍 그녀의 눈을 쳐다보았습니다. 그랬습니다. 그녀는 울고 있었습니다.

"아니 도대체 왜 그래요? 어린애같이! 어린애처럼 이게 뭡니까……. 그만 해요!"

그녀는 미소를 지으려, 진정하려 애썼지만 턱은 여전히 덜덜 떨리고 가슴은 벌렁거리고 있었습니다.

"당신 생각을 하고 있어요."

그녀는 잠시 후 입을 열었습니다.

"당신은 좋은 분이에요. 만일 그걸 못 느낀다면 난 무정한 인간일 거예요……. 지금 무슨 생각을 했는지 아시겠어요? 당신과 그 사람을 비교해봤어요. 왜 그 사람은 당신이 될 수 없을까? 왜 그 사람은 당신과 같지 않을까? 비록 당신보다 그 사람을 더 사랑한다 해도 그 사람은 당신과 비교가 안 돼요."

나는 잠자코 있었습니다. 그녀는 내가 무슨 말인가 할 걸로 생각했었나 봅니다.

"물론 난 아직도 그 사람을 속속들이 알고 있지는 않을 거예요. 있잖아요, 난 항상 그 사람을 두려워하고 있었던 것 같아요. 그 사람은 항상 너무 진지하고 자존심이 말도 못 할 정도로 강해 보였어요. 하지만 물론 단지 외관상 그랬다는 거지, 실제 속마음은 나보다 훨씬 더 부드러운 사람이었어요……. 내가 보따리를 들고 그 사람에게 갔을 때 그 사람이 날 바라보던 눈길이 생각나요. 아무튼 그 사람이 너무 우러러보이는 건 아무래도 우리가 서로 맞지 않기 때문이 아니겠어요?"

"그렇지 않습니다, 나스텐카, 그렇지 않아요. 그건 당신이 이 세상에서 그 누구보다도 그 사람을 사랑하기 때문입니다. 자기 자신보다 더 사랑하기 때문이라고요."

"그렇다고 해두죠."

순진한 나스텐카는 그렇게 대꾸했습니다.

"근데 지금 무슨 생각이 떠올랐는지 아시겠어요? 오래전부터 생각한 건데요, 지금부터 얘기하는 건 그 사람뿐만 아니라 모든 사람에 관계된 거예요. 왜 사람들은 모두 형제간처럼 마음을 터놓고 지내지 못하는 거죠? 왜 훌륭한 사람들도 항상 남에게 뭔가 숨기려는 듯 말을 안 하고 지내요? 왜 즉시 가슴 속에 있는 말을 안 하는 거죠? 허공에 대고 얘기하는 것도 아닌데 말이에요. 저마다 실제 모습보다 더 근엄하게 보여요. 마치 속내를 드러냈다 망신당할까 봐 겁을 내는 것 같아요. 만일 너무 빨리 속내를 드러내면……."

"아, 나스텐카, 그건 사실입니다. 그런 데는 여러 가지 이유가 있습니다."

나는 이 순간 그 어느 때보다 더 감정을 자제하며 그녀의 말을 가로챘습니다.

"아니에요, 그렇지 않아요!"

그녀는 감정이 북받치는 듯 말했습니다.

"예를 들어 당신은 다른 사람들과는 달라요! 어떻게 표현해야 좋을지 모르겠네요. 내가 느끼고 있는 걸요. 하지만 난 그런 느낌이 들어요. 예를 들어 당신이……, 지금……, 그런 생각이 들어요. 뭔가 나를 위해 희생하고 있는 것 같아요."

그녀는 수줍어하며 나를 힐끗 쳐다본 후 얘기를 이어나갔습니다.

"이렇게 얘기해도 이해해주세요. 난 정말 단순한 여자예요. 세상 경험이 적어서 때론 말도 제대로 할 줄 몰라요."

그녀는 애써 미소를 지으며 떨리는 목소리로 말했습니다. 그런 그녀의 목소리에는 뭔가 숨겨진 감정이 묻어 있었습니다.

"그렇지만 난 당신에게 한 가지만은 얘기하고 싶어요. 고맙다는 것, 나 역시 이 모든 걸 느끼고 있다는 것 말이에요……. 당신은 복 받으실 거예요! 저번에 꿈꾸는 사람에 관해 많은 얘길 해주었죠? 그건 하나도 안 맞아요. 내 말은 그것들이 이제는 더 이상 당신 얘기가 아니라는 뜻이에요. 당신은 마음의 건강을 회복하고 있어요. 당신은 정말이지 당신이 묘사했던 그런 사람은 절대 아니에요. 언젠가 당신 또한 좋아하는 사람이 생기면 행운을 빌어드릴게요. 여자를 위해서는 아무것도 안 빌어줄래요. 당신과 함께라면 행복할 거니까요. 난 알아요. 나 또한 여자니까요. 그러니 내 말을 꼭 믿으세요……."

그녀는 말없이 내 손을 꼭 쥐었습니다. 나 또한 감정이 북받쳐 아무 말도 할 수 없었습니다. 그렇게 몇 분이 흘러갔습니다.

"그 사람 오늘은 안 올 것 같군요! 시간이 많이 됐어요……."

이윽고 그녀는 고개를 들고 말했습니다.

"내일은 올 겁니다."

나는 확신에 찬 목소리로 말했습니다.

"맞아요."

그녀는 활기찬 목소리로 말했습니다.

"이제 알겠어요. 내일이 돼야 올 거예요. 그럼, 안녕히 가세요! 내일 봐요! 만일 비가 오면 나 안 올지도 몰라요. 모레는 꼭 오겠어요. 무슨 일이 있어도. 여기로 꼭 오세요. 꼭 봤으면 해요. 다 얘기할게요."

그리고 나서 작별할 때 그녀는 나를 밝은 눈길로 쳐다본 후 손을 내밀며 말했습니다.

"이제 영원히 함께 있는 거예요, 그렇지요?"

아! 나스텐카, 나스텐카! 내가 지금 얼마나 외로운지 그대가 알 수 있다면!

아홉시를 알리는 종이 울렸을 때 나는 더 이상 방에 틀어박혀 있을 수가 없었습니다. 나는 궂은 날씨에도 아랑곳하지 않고 옷을 입고 밖으로 나왔습니다. 나는 그리로 가서 벤치에 앉았습니다. 그녀와 그녀의 할머니가 사는 골목에 접어들었지만 창피한 생각이 들어 막상 집 근처엔 가보지도 못했고 창도 쳐다보지 않은 채 발길을 돌렸습니다. 나는 마음이 울적해져 집으로 돌아왔습니다. 그런 기분은 처음이었습니다. 정말 구질구질하고 지겨운 날씨였습니다. 만일 날씨가 좋았다면 밤새 그곳을 거닐었을 겁니다……

그러나 내일, 내일이 되면! 내일 그녀는 내게 죄다 얘기해줄 겁니다.

　하지만 편지는 오늘도 오지 않았습니다. 그렇지만 그게 순리입니다. 그들은 이미 함께 있으니까요…….

네 번째 밤

세상에, 어떻게 이 모든 게 결말이 났는지! 결말은 또 어땠는지!
나는 아홉시에 도착했습니다. 그녀는 그곳에 이미 와 있었습니다. 나는 멀리서도 그녀를 알아보았습니다. 그녀는 우리가 처음 만났을 때처럼 강변도로의 난간에 턱을 괴고 서서 내가 가까이 가는 것도 모르고 있었습니다.
"나스텐카!"
나는 들뜬 마음을 간신히 억제하며 그녀를 불렀습니다.
그녀는 재빨리 날 돌아보았습니다.
"자! 자! 어서요!"
나는 어리둥절하여 그녀를 쳐다보았습니다.

"자, 편지 어딨어요? 편지 가져왔어요?"

그녀는 난간을 한 손으로 잡은 채 물었습니다.

"아뇨, 편지는 내게 없습니다. 그 사람 정말 아직도 안 왔습니까?"

나는 결국 그렇게 대답했습니다.

그녀는 얼굴이 백지장처럼 하얗게 변하더니 오랫동안 나를 물끄러미 바라보았습니다. 나는 그녀의 마지막 희망을 무참히 깨뜨리고 만 것입니다.

"하느님, 그 사람을 용서하소서!"

이윽고 그녀는 입을 열어 간신히 말했습니다.

"하느님, 이렇게 날 버리는 그 사람을 용서해주세요."

그녀는 눈을 내리깔았습니다. 그런 후 날 쳐다보려 했지만 그러지 못했습니다. 그렇게 몇 분이 흐른 후에야 그녀는 흥분을 가라앉혔습니다. 그러나 웬걸요, 갑자기 몸을 돌려 강변도로 난간에 턱을 괴더니 눈물을 쏟는 것이었습니다.

"그만, 그만 하세요!"

나는 겨우 입을 열었지만 그녀를 보는 순간 말을 계속할 용기가 나지 않았습니다. 하긴 무슨 말을 할 수 있었겠습니까?

"날 위로하려 들지 마세요."

그녀는 울면서 말했습니다.

"그 사람 얘기는 하지도 마세요. 그 사람은 올 거라고 얘기하지도 마세요. 날 그렇게 잔인하게, 비인간적으로 버리지 않았다고 얘기하지 마세요. 그 사람이 한 짓을 좀 봐요. 뭣 땜에? 왜? 불쌍한 내 편지에 뭐가 있었나요?"

여기서 그녀의 목소리는 흐느낌에 끊겨 이어지지 않았습니다. 그녀를 바라보는 내 마음은 찢어지는 것 같았습니다.

"어쩜 그렇게 비인간적이고 잔인할 수 있어요!"

그녀는 다시 말을 이어나갔습니다.

"단 한 줄! 단 한 줄도 없어요! 내가 필요없다고, 날 거절한다고 답장이라도 해주면 좋으련만 꼬박 사흘 동안 단 한 줄도 없어요! 자기를 사랑한 것밖엔 죄가 없는 불쌍한 여자, 의지할 데 없는 여자를 모욕하기란 그에게 너무도 쉬운 일이라고요! 세상에, 세상에! 생각나요. 처음으로 제 발로 그를 찾아가 나 자신을 낮추었어요. 그리고 눈물을 흘렸어요. 그렇게 애원하여 얻은 건 눈곱만 한 사랑……. 그런데 그러고 나서……. 들어보세요."

그녀는 내게 몸을 틀며 말했습니다. 그녀의 까만 두 눈은 빛나고 있었습니다.

"그래서는 안 돼요! 그럴 수는 없어요. 그건 도리가 아니에요! 혹시 당신이나 내가 잘못 생각한 건 아닐까요? 편지를 못 받은 게 아닐까요? 지금까지 아무것도 모르고 있는 건 아닐까요? 제발 판

단 좀 해주세요, 제발 얘기해주세요, 제발 설명 좀 해주세요, 난 이해할 수 없어요. 어떻게 그렇게 야만인처럼 행동할 수 있죠? 어쩌면 내게 그럴 수 있느냐고요! 단 한 마디도 없어요! 세상에서 가장 보잘것없는 사람에게 보여주는 자비심도 이보다는 나을 거예요. 혹시 무슨 소릴 들은 건 아닐까요? 혹시 누군가 그 사람에게 나에 대해 나쁜 얘길 한 건 아닐까요? 어떻게 생각하세요?"

그녀가 물었습니다.

"저기, 나스텐카, 당신이 보냈다고 하고 내일 그 사람에게 가볼게요."

"그래서요!"

"꼬치꼬치 다 물어보고, 전부 다 얘기하겠습니다."

"그래, 그래서요!"

"편지를 한 통 쓰세요. 못 쓰겠다고 하지 마세요, 나스텐카, 못 쓰겠다고는 하지 마세요! 그 사람 말입니다, 당신의 행동에 대해 존경심을 갖도록 만들어주겠습니다. 그러면 다 깨닫게 될 겁니다. 그리고 만일……."

"못 해요, 못 해요."

그녀는 내 말을 끊었습니다.

"그만두세요! 더 이상 단 한 마디, 단 한 줄도 못 써요. 그만둬요! 나 그 사람 몰라요, 더 이상 사랑하지도 않아요. 잊어버릴

……거……예요…….."

그녀는 말을 마치지 못했습니다.

"진정해요, 진정하라고요! 여기 앉아요, 나스텐카."

나는 그녀를 벤치에 앉히며 말했습니다.

"나 흥분하지 않았어요. 됐어요! 다 그런 거예요! 눈물은요, 다 마른다고요! 어때요? 내가 자살할 것 같아요? 물에 빠져 죽기라도 할 것 같아요?"

나는 가슴이 미어졌습니다. 무슨 말이든 하고 싶었지만 아무런 말도 나오지 않았습니다.

"있잖아요!"

그녀는 내 손을 잡고 얘기를 계속했습니다.

"당신이라면 그렇게 행동하지 않았겠죠? 당신이라면 제 발로 당신을 찾아온 여자를 버리지 않았겠지요? 당신이라면 그녀의 나약하고 순진한 마음을 면전에서 냉혹하게 비웃지 못했겠죠? 당신이라면 그녀를 보살펴주었겠죠? 당신이라면 능히 이렇게 생각했을 거예요. 외로운 여자다, 자신을 돌볼 줄도, 나에 대한 사랑을 경계할 줄도 모르는 여자다, 결국 이 여자는 죄가 없다. 아무런 잘못도 저지르지 않았으니까…… 하고 말이에요. 오, 세상에, 세상에……."

"나스텐카!"

나는 드디어 더 이상 감정의 소용돌이를 견디지 못하고 외쳤습니다.

"나스텐카! 당신은 날 고문하고 있어요! 내 가슴에 상처를 내고 날 죽이고 있단 말입니다, 나스텐카! 못 견디겠어요! 이젠 다 털어놓아야 하겠습니다. 여기 이 가슴속에 끓고 있는 걸 말입니다……."

나는 그렇게 말하며 벤치에서 조금 일어났습니다. 그녀는 내 손을 잡고 어리둥절한 표정으로 나를 바라보았습니다.

"왜 그러세요?"

그녀가 마침내 물었습니다.

"잘 들어요!"

나는 단호한 목소리로 말했습니다.

"내 말 잘 들어요, 나스텐카! 내가 지금부터 하는 말은 다 헛소리예요, 전부 실현 불가능한 바보 같은 소리라고요! 일어날 수 없다는 거 알아요. 하지만 털어놓지 않고는 못 견디겠어요. 당신이 지금 고통 받는 것의 이름을 빌려 미리 부탁드리건대, 용서해 주십시오!"

"네? 뭐라고요?"

그녀는 울음을 멈추고 나를 찬찬히 뜯어보며 말했습니다. 그러자 휘둥그레진 그녀의 두 눈은 야릇한 호기심으로 반짝였습니다.

"대체 왜 그러세요?"

"이건 도무지 실현될 수 없어요. 하지만 당신을 사랑합니다, 나스텐카! 이게 답니다! 이제 얘기 다 했습니다!"

나는 손을 젓고 나서 말했습니다.

"이제 당신이 바로 조금 전처럼 나와 얘기할 수 있을지, 또 내가 하는 말을 귀담아 들을 수 있을지는 스스로 알게 될 겁니다……."

"아니, 뭐가 어때서요?"

나스텐카는 내 말을 가로막았습니다.

"뭐가 어떻다는 거예요? 난 말이죠, 당신이 날 좋아한다는 걸 벌써부터 알고 있었어요. 하지만 날 단순히 그냥 좋아하는 줄로만 알았어요……. 아, 세상에, 세상에!"

"처음엔 그냥 좋아했습니다, 나스텐카, 하지만 지금은, 지금은……. 한때 당신이 보따리를 들고 그 사람을 찾아갔을 때 심정하고 똑같아요. 아닙니다. 그때의 당신 처지보다 나쁩니다, 나스텐카. 그때 그 사람은 그 누구도 사랑하고 있지 않았지만 지금 당신은 그 사람을 사랑하고 있으니까요."

"도대체 무슨 소릴 하는 거예요! 이젠 당신 말을 하나도 못 알아듣겠어요. 근데 왜, 그렇게, 불쑥…… 맙소사! 내가 별 바보 같은 소릴 다 하고 있네! 하지만 당신은……."

나스텐카는 당황해서 어쩔 줄 몰라했습니다. 그녀의 뺨은 붉게 물들었습니다. 그녀는 눈을 내리깔았습니다.

"어쩔 수 없었어요, 나스텐카, 달리 방법이 없었어요! 내 잘못입니다. 내가 악용한 거예요……. 아닙니다, 나스텐카, 난 잘못이 없습니다. 이걸 난 들을 수 있고 느낄 수 있습니다. 왠지 아세요? 가슴속 깊은 곳에서 내가 옳다고 하니까요. 결코 당신을 모욕할 수 없으니까요, 절대로! 난 당신의 친구였습니다. 지금도 마찬가지입니다. 난 당신을 절대로 배신하지 않았습니다. 내 눈물을 보세요, 나스텐카. 흐르도록 그냥 내버려두세요, 흐르도록. 그 누구에게도 방해가 되지는 않을 테니까요. 흐르다 마를 거예요, 나스텐카……."

"앉으세요, 앉아요."

그녀는 나를 벤치에 앉히면서 말했습니다.

"아, 세상에!"

"싫습니다! 나스텐카, 앉지 않겠습니다. 이젠 내가 더 이상 이곳에 있어야 할 이유가 없습니다. 앞으론 날 볼 수 없을 겁니다. 얘길 마저 하고 사라지겠습니다. 한마디 꼭 하고 싶은 말이 있습니다. 내가 당신을 사랑하고 있다는 걸 차라리 당신이 몰랐더라면 좋았을 겁니다. 그건 나만의 비밀로 간직해야 했어요. 나 자신만 생각한 나머지 바로 조금 전에 당신을 괴롭혔는데 그런 짓은

하지 말았어야 했어요. 그럼요! 하지만 아까는 견딜 수가 없었습니다. 당신 스스로 이 문제를 건드렸습니다. 당신 잘못입니다. 모두 당신 잘못이라고요. 내 잘못이 아닙니다. 당신은 날 쫓아버릴 수 없어요……."

"안 그럴 거예요, 당신을 쫓아버린다니, 안 될 말이에요!"

나스텐카는 마음의 혼란을 애써 숨기며 말했습니다. 가엾은 사람…….

"안 쫓겠다고요? 안 쫓겠다! 근데 난 스스로 사라지려고 했습니다. 먼저 하고 싶은 얘길 다 하고 그런 후 사라지려고 했습니다. 왠지 아세요? 여기서 당신이 얘기할 때 마냥 앉아서 듣고 있을 수 없었기 때문입니다. 버림받고 무시당한 사랑 때문에 당신이 여기서 눈물을 흘리며 괴로워할 때, 난 똑똑히 듣고 느낄 수 있었습니다. 내 심장에 당신을 향한 사랑이 그만큼 고여 있었다는 걸요. 그만큼의 사랑이 말이에요, 나스텐카……. 그러곤 그 사랑으로 당신을 도울 방법이 없자 슬퍼지더라고요……. 가슴이 찢어질 듯 아팠습니다. 난, 난 견딜 수 없었습니다. 얘길 할 수밖에 없었습니다, 얘길 할 수밖에 없었다고요……."

"그래요, 그러세요! 내게 얘기하세요, 그렇게 나랑 얘기하세요!"

나스텐카는 이유는 모르겠지만 감격스러워하며 말했습니다.

"내가 이렇게 말하는 게 이상해 보일지도 모르겠어요. 하지만

……. 얘기 계속하세요! 난 나중에 얘기할게요! 당신에게 다 털어놓을게요!"

"당신은 내가 불쌍한 거예요, 나스텐카, 그저 불쌍할 따름이라고요. 사랑스러운 친구여! 버린 건 버린 겁니다! 한 말은 주워 담을 수 없어요! 그렇지 않습니까? 자, 이제 당신은 다 알게 되었습니다. 그게 출발점이에요. 뭐, 좋습니다! 이제 다 됐습니다. 당신은 듣기만 하면 됩니다. 당신이 앉아서 눈물을 흘릴 때 난 나 자신에 대해 생각해보았습니다(아, 제발 무슨 생각을 했었는지 얘기하게 놔두세요!). 난 생각했습니다(물론 이건 있을 수 없는 일입니다, 나스텐카), 난 당신이……, 난 당신이 저기……, 저, 그러니까 어떤 전혀 다른 이유에서 그를 더 이상 사랑하지 않는다고 생각했습니다. 그러자 난—어제도 그리고 우리가 만난 지 세 번째 되던 날에도 생긱했던 겁니다만, 나스텐카—당신이 나를 꼭 사랑하도록 만들어야겠다는 생각을 했습니다. 당신 스스로 그랬잖아요, 나스텐카. 날 사랑할 뻔했다고 말입니다. 그래, 그래서요? 이제 내가 하고 싶은 얘기는 거의 다 했습니다. 남은 건 만일 당신이 날 사랑했다면 과연 어떻게 됐을까, 이것뿐입니다. 더 이상은 없습니다! 친구여,—어쨌든 친구니까요—내 말 좀 들어봐요. 물론 난 평범하고 가난한 사람입니다. 내세울 것도 없습니다. 그러나 문제는 그게 아닙니다(줄곧 엉뚱한 얘기만 하고 있는데 갈피를 못

잡아서 그래요, 나스텐카). 문제는 당신이 그 사람을 여전히 사랑하고 있고 앞으로도 내가 모르는 그 사람을 계속 사랑한다 하더라도 나는 당신을 사랑했으면 하고, 또 당신에 대한 나의 사랑이 짐이 된다는 걸 당신이 느끼지 못했으면 한다는 겁니다. 난 당신이 듣고 항상 느껴주기만 하면 원이 없겠습니다. 당신 곁에서 당신에게 고마워하고 감사할 줄 아는 뜨거운 심장이 뛰고 있다는 걸 말입니다. 당신을 위해서……. 아, 나스텐카, 나스텐카! 대체 내게 무슨 짓을 한 겁니까…….”

"울지 말아요, 당신이 우는 건 원치 않아요."

나스텐카는 급히 벤치에서 일어서며 말했습니다.

"우리 걸어요, 일어서세요, 함께 걸어요, 울지 말아요, 울지 마세요."

그녀는 손수건으로 눈물을 닦아주며 말했습니다.

"이제 걸어요. 어쩜 당신에게 얘기할지도 모르겠어요……. 아직도 그 사람을 사랑하고 있지만(당신을 속이고 싶지는 않아요) 만일 이제 그 사람이 날 버렸다면, 날 잊었다면……. 저, 당신의 대답을 듣고 싶어요. 만약 내가 예를 들어 당신을 사랑한다면, 이 말은 만약 내가 단지……. 아, 친구여, 친구여! 생각하면 할수록 난 그때 참 못되게 굴었어요. 당신을 모욕했죠, 당신이 내게 반하지 않은 걸 칭찬하며 당신의 사랑을 비웃었어요……. 아, 세상에! 왜 이걸 몰랐을까. 왜 예상치 못했을까, 난 너무 어리석었어요. 하지만……. 결심했어요, 다 말할게요……."

"나스텐카, 있잖아요, 내가 물러설게요, 그러면 돼요! 난 당신을 괴롭힐 뿐입니다. 보세요, 당신은 날 비웃었다고 해서 양심의 가책을 느끼고 있잖아요. 난, 난 원치 않아요, 당신이 괴로워하는 것만 빼고는 당신이……. 물론 그건 내 잘못입니다. 나스텐카, 하지만 잘 있어요!"

"잠깐만요, 내 말 좀 들어보세요. 기다릴 수 있겠어요?"

"뭘 기다려요, 무슨 말입니까?"

"나는 그 사람을 사랑하고 있어요. 하지만 끝날 거예요. 끝나야 해요. 안 끝날 수는 없어요. 벌써 끝나가고 있어요, 소리가 들려요……. 어떻게 알아요, 어쩌면 오늘 끝날지도 몰라요. 왜 그런 줄 아세요? 그 사람이 미우니까요, 날 비웃었으니까요, 당신이 나와 함께 울어주었으니까요, 당신은 날 그 사람처럼 버리지 않을 테니까요, 그 사람은 날 사랑하지 않았지만 당신은 날 사랑하니까요, 그리고 난 내가 원해서 당신을 사랑하니까요……. 네, 사랑해요! 당신이 날 사랑하듯이. 당신도 직접 들었겠지만 이 말은 사실 예전에 이미 당신에게 했어요. 당신을 사랑해요. 그 사람보다 착하니까요, 그 사람보다 점잖으니까요. 그리고, 그리고, 그 사람은……."

가엾은 그녀는 감정이 격한 나머지 말을 맺지 못하고 머리를 내 어깨에, 얼굴을 내 가슴에 파묻고 서럽게 울기 시작했습니다. 그녀를 달래고 설득해보았지만 소용이 없었습니다. 그녀는 내 손을 꼭 잡고 흐느끼며 말했습니다.

"조금만 기다려줘요. 조금만요. 이제 그만 울 거예요! 당신에게 하고 싶은 말은……. 약자의 눈물이라고 생각하진 마세요. 조금만 기다려줘요. 괜찮아질 거예요……."

이윽고 그녀는 울음을 그치고 눈물을 닦았습니다. 우리는 다시 걸었습니다. 내가 무슨 말인가 하려고 하자 그녀는 여전히 기다려달라는 말만 되풀이했습니다. 우린 입을 다물었습니다……. 마침내 그녀는 정신을 가다듬고 다시 입을 열었습니다…….

"저, 말이에요."

그녀는 떨리는 목소리로 조그맣게 말했습니다. 그러자 그녀의 목소리에서 갑자기 뭔가 울리는 것 같더니 순식간에 내 가슴에 와 박혔고 이내 달콤한 통증이 느껴졌습니다.

"날 마음이 쉽게 변하는 헤픈 여자라고 생각하지는 마세요. 또 사람을 쉽사리 빨리 잊고 배신하는 여자라고 생각하지도 마세요 ……. 난 꼬박 일 년간 그 사람을 사랑했어요. 그리고 하느님께 맹세컨대 한 번도, 단 한 번도 한눈을 판 적이 없어요. 생각조차 안 해봤어요. 그 사람은 이걸 경멸했어요. 날 비웃었어요. 어쩜,

그러면 천벌 받아요! 날 모욕하고 내 가슴에 치욕을 남겼어요. 난, 난 그 사람을 사랑하지 않아요. 날 이해할 만큼 마음이 넉넉하고 점잖은 사람만 사랑할 수 있으니까요. 난 그런 여자예요. 그러니까 그 사람은 자격이 없어요. 하느님, 그 사람을 용서해주세요. 어찌 보면 그 사람은 잘한 거예요. 나중에 기대가 어그러지고 그 사람이 어떤 인간인지 깨닫게 되는 것보다는 나으니까요……. 아무튼 끝난 일이에요! 하지만 혹시 알아요?"

그녀는 내 손을 꼭 쥐며 말했습니다.

"어쩜 내가 경험한 사랑은 감정, 상상의 착각일지도 몰라요. 어쩜 할머니의 감시를 받고 있던 상황에서 부질없는 장난처럼 시작된 건지도 모르겠어요. 그 사람, 그 사람 같은 사람 말고 다른 사람을 사랑하는 게 옳았을지도 몰라요. 날 불쌍히 여기고 그리고, 또……. 음, 그만 하죠, 그 얘기는 그만 해요."

나스텐카는 숨을 몰아쉬며 얘기를 잠시 중단했습니다.

"한 가지는 말씀드리고 싶었어요……. 그건 만일, 내가 그 사람을 사랑하더라도(아니, 사랑했더라도) 이에 관계없이 만일, 당신이 여전히 자신있게 말할 수 있다면……. 만일 당신의 사랑이 내 마음속의 옛사랑을 떨쳐낼 수 있을 정도로 크다고 느낀다면……. 만일 날 가엾이 여기고 싶다면, 날 아무런 위안도 희망도 없는 운명에 홀로 맡기길 원치 않는다면, 만일 날 지금처럼 영원히 사랑하고 싶다면 난 맹세할 수 있어요. 고마움을……. 내 사랑은 결국 당신의 사랑에 버금갈 거라고요……. 이제 내 손을 잡으시겠어요?"

"나스텐카, 나스텐카……. 오, 나스텐카……."

나는 흐느껴 울다 숨을 몰아쉬며 외쳤습니다.

"자, 그만, 그만 됐어요! 이젠 다 됐어요!"

그녀는 간신히 자신을 억제하며 말했습니다.

"자, 이제 얘기 다 한 거예요. 그렇죠? 네? 자, 당신도 나도 행복해요. 그러니 그 얘기는 그만 해요. 기다려줘요. 날 다독여주세요……. 뭔가 다른 얘길 해주세요, 제발요……."

"그러죠, 나스텐카, 그렇게 합시다! 그 얘기는 됐어요, 이제 행복합니다. 난……, 음, 나스텐카, 음, 다른 얘길 합시다, 어서, 어서요. 그래요! 난 준비됐습니다……."

그러자 우린 어떤 얘길 해야 좋을지 몰라 웃음을 터뜨렸습니다. 우리는 눈물을 흘리다 아무 말이나 되는 대로 주워섬겼습니다. 보도를 따라 걷다가 갑자기 발길을 되돌려 거리를 가로질러 갔습니다. 가다가 멈추기도 하고 다시 강변도로로 길을 건너기도 했습니다. 우린 어린애 같았습니다…….

"난 지금 혼자 삽니다."

마침내 내가 입을 열었습니다.

"그러나 내일은……. 저, 나스텐카, 저 말입니다. 물론 난 가난합니다. 가진 게 통틀어 천이백 루블밖에 안 돼요. 하지만 괜찮습니다……."

"그럼요. 괜찮고말고요. 하지만 할머니가 연금을 받으시니까 우리에게 짐이 되지는 않을 거예요. 할머니는 모셔야 해요."

"물론이죠, 할머니는 모셔야죠……. 마트료나가 문제이긴 한데……."

"아, 우리 표클라도 있어요!"

"마트료나는 착해요. 다만 한 가지 결점이 있습니다. 고지식해요. 너무 고지식해요. 하지만 이건 문제가 안 돼요……."

"상관없어요. 둘이 같이 있게 하면 돼요. 당장 내일 우리 집으로 이사오세요."

"네? 당신 집으로요? 좋습니다. 그러죠……."

"그래요, 우리 집에 세드는 거예요. 이층에 다락방이 있어요. 귀족 출신의 할머니가 한 분 살다가 나가서 지금은 비어 있어요. 내가 아는 한 할머니도 젊은 사람을 들였으면 해요. 물어봤죠. '하필 왜 젊은 사람을 들이려 하세요?' 그랬더니 그래요. '그건 말이다, 내가 늙어서 그런 게야. 나스텐카, 널 시집보내고 싶어서 그런다는 생각일랑 하지 말아라.' 그래서 난 추측했죠. 그건 ……."

백야 107

"아, 나스텐카……."

우리는 동시에 웃음을 터뜨렸습니다.

"자, 그만, 그만. 근데 어디에 사세요? 잊어버렸어요."

"저기 무슨 다리더라? 아무튼 다리 근처 바란니코프 하우스예요."

"그 큰 집 말인가요?"

"맞습니다. 그 큰 집입니다."

"아, 알겠어요. 근사한 집이죠. 하지만 그 집은 잊어버리고 빨리 우리 집으로 이사오세요……."

"내일, 나스텐카, 내일 이사갈게요. 그 집 방세가 좀 밀려 있긴 합니다만 그건 괜찮아요……. 곧 봉급이 나올 테니까요……."

"저 있잖아요, 과외지도를 할지도 몰라요. 나도 배우며 가르치죠, 뭐……."

"아, 좋아요……. 난 곧 상을 받을 겁니다, 나스텐카……."

"그럼 내일 우리 집에 세드는 거예요……."

"네, 〈세빌리아의 이발사〉도 보러 갑시다. 곧 다시 상연한대요."

"그래요, 보러 가요."

나스텐카는 웃으며 말했습니다.

"아니에요. 〈이발사〉 말고 다른 걸 봐요……."

"그러죠, 뭐, 다른 걸 봅시다. 그게 낫겠어요. 그 생각은 못 했어요……."

 이렇게 얘기하면서 우리는 마치 안개 속을 걷듯 자신에게 무슨 일이 일어나고 있는지도 모르는 사람처럼 의식이 몽롱한 채 마냥 걸었습니다. 우리는 걸음을 멈추고 한 곳에서 오랫동안 얘기를 나누다가 다시 걷고 또 걷기를 반복했습니다. 그러곤 다시 웃음을 터뜨리고 다시 또 눈물을 흘렸습니다……. 그러다 갑자기 나스텐카가 집에 가고 싶어 했습니다. 나는 그녀를 붙들 엄두는 못 내고 집까지만 바래다주려 했습니다. 그래서 걸어간 지 십오 분이나 됐을까요. 우린 강변도로의 벤치에 와 있는 자신들을 발견했습니다. 그러자 그녀의 입에서 한숨이 새어 나오더니 눈에 눈물방울이 맺혔습니다. 나는 겁이 덜컥 나고 몸이 차가워졌습니다……. 그러자 그녀는 내 손을 잡고 끌어당겼습니다. 우리는 다시 길으며 수다를 떨고 얘기를 나누었습니다…….

 "저 이제 집에 갈 시간이에요. 많이 늦은 것 같아요."

 이윽고 나스텐카가 말했습니다.

 "이제 우리 어린애 같은 짓은 그만 해요!"

 "그래요. 나스텐카, 다만 난 지금 잠이 올 것 같지는 않군요. 집에는 안 갈 겁니다."

 "나도 잠은 안 올 것 같아요. 집까지 바래다주세요……."

 "물론이죠!"

"꼭 집까지 함께 가는 거예요."

"그럼요, 그럼요……."

"정말이죠? ……언젠가는 당신도 집으로 돌아가야 하잖아요!"

"정말요."

나는 웃으면서 말했습니다.

"그럼 갑시다!"

"가요."

"하늘 좀 봐요, 나스텐카, 하늘을! 내일 날씨는 기가 막힐 거예요. 하늘이 얼마나 맑아요, 달은 또 얼마나 밝고요! 저길 봐요. 노란 구름이 지금 달을 가리고 있어요. 봐요, 어서 봐요……. 아니에요, 이제 지나갔어요. 보세요, 봐요……."

그러나 나스텐카는 구름을 쳐다보지 않았습니다. 그녀는 얼어붙은 듯 말없이 서 있었습니다. 잠시 후 그녀는 멈칫멈칫 내게 몸을 바짝 기대어왔습니다. 그녀의 손은 내 손안에서 떨고 있었습니다. 그런 그녀를 나는 바라보고만 있었습니다……. 그녀는 더욱 더 내게 몸을 기댔습니다.

바로 그때 한 젊은이가 우리 곁을 지나갔습니다. 그는 갑자기 걸음을 멈추더니 우릴 응시했습니다. 그러다 다시 몇 발자국 옮겼습니다. 심장이 떨려오기 시작했습니다…….

"나스텐카."

나는 조그만 목소리로 물었습니다.

"저 사람 누굽니까, 나스텐카?"

"그 사람이에요!"

나스텐카는 더욱 떨리는 몸을 내게 좀 더 바짝 기대면서 속삭였는데……. 나는 간신히 몸을 가누며 서 있었습니다.

"나스텐카! 나스텐카! 당신이지!" 하는 목소리가 우리 뒤쪽에서 들려왔습니다. 그와 동시에 젊은이는 우리 쪽으로 몇 발자국 걸어왔습니다…….

세상에, 비명이라니! 어쩌면 그렇게 떨 수 있습니까! 어쩌면 그렇게 내 품을 박차고 곧장 그에게 달려갈 수 있습니까……. 나는 패배자처럼 우두커니 서서 그들을 바라보고 있었습니다. 그러나 그녀는 그에게 손을 내미는 둥 마는 둥, 포옹하는 둥 마는 둥 하더니 갑자기 내 쪽으로 몸을 틀었습니다. 그러더니 어느새 바람처럼, 번개처럼 내 곁에 모습을 드러냈습니다. 그러고는 내가 미처 정신을 차리기도 전에 두 손으로 내 뺨을 잡고 강렬하고 뜨겁게 키스했습니다. 그런 후 한 마디 말도 없이 다시 그에게 달려가 그의 손을 잡고 그를 이끌며 걸어갔습니다.

나는 오랫동안 서서 그들의 뒷모습을 바라보고 있었습니다……. 마침내 두 사람 모두 시야에서 사라졌습니다.

아침

나의 밤들은 아침에 끝났습니다. 날씨는 좋지 않았습니다. 쏟아지는 비는 내 방의 유리창을 우울하게 두드리고 있었습니다. 방 안은 어두웠고 뜰은 을씨년스러웠습니다. 나는 골치가 아팠고 어지러웠습니다. 온몸에 열이 번지고 있었습니다.
"나리, 편지 왔어. 시내에서 온 건데 집배원이 가져왔어."
머리맡에서 마트료나가 말했습니다.
"편지! 누가 보낸 건데?"
나는 의자에서 벌떡 일어나며 외쳤습니다.
"몰라, 나리가 직접 봐. 누가 보냈는지 써 있을지도 몰라."
나는 봉인을 뜯었습니다. 그녀가 보낸 것이었습니다!

"아, 용서해주세요, 날 용서해주세요!"라고 나스텐카는 썼습니다. "무릎 꿇고 빕니다. 날 용서해주세요! 난 당신도 속이고 나 자신도 속였어요. 그건 꿈, 환상이었어요……. 난 오늘 당신 때문에 괴로웠어요. 용서해주세요, 날 용서해주세요…….

날 비난하지 마세요. 난 절대로 당신을 배신하지 않았어요. 난 당신을 사랑하겠다고 말했어요. 난 지금도 당신을 사랑하고 있어요. 그건 사랑 이상일 거예요. 아, 하느님! 당신 둘을 동시에 사랑할 수 있다면 얼마나 좋을까요! 아, 당신이 그 사람이라면 얼마나 좋을까요!"

"아, 그 사람이 당신이라면 얼마나 좋을까요!"라는 말이 머리를 스치고 지나갔습니다. 당신의 말이 생각나, 나스텐카!

"하느님은 아세요, 내가 지금 당신을 위해서라면 무슨 일이든지 할 거라는 걸! 당신이 힘들어하고 마음 아파하는 것 알아요. 난 당신을 모욕했어요. 그러나 당신도 알잖아요. 사랑한다면 미움을 오래 간직하지 않지요. 당신은 날 사랑하고 있잖아요!

고마워요! 그래요! 그런 사랑을 보여주어 고마워요. 깨어나서도 오랫동안 생각나는 달콤한 꿈처럼 그 사랑이 내 기억 속에 각인되었기 때문이에요. 영원히 그 순간을 기억하기 때문이에요. 왜 있잖아요. 당신이 내게 친형제처럼 속마음을 보여주며 내 상처받은 마음을 선물처럼 너그럽게 받아들이던 그 순간 말이에요.

백야 113

당신은 내 마음을 아껴주고, 다독여주고, 치유해주려 했어요
……. 날 용서해주신다면 당신에 대한 추억은 내 영혼에서 결코
사라지지 않을 영원한 감정, 고마운 감정으로 내 안에서 승화될
거예요……. 이 추억을 나는 소중히 간직할 거예요. 추억에 어
긋나는 행동은 안 할 거예요. 배신하는 일도 없을 거예요. 또 내
마음을 배반하는 일도 없을 거고요. 내 마음은 쉽게 변치 않아요.
어제만 하더라도 영원히 속할 것을 다짐한 그 사람에게 순식간에
돌아가버렸잖아요.

우리 만나요. 우리 집에 오세요. 우릴 버리지 마세요. 영원한
친구, 오빠가 돼주세요……. 그리고 날 보거든 내게 손을 내밀
어주세요…… 네? 내게 손을 내밀어주실 거죠. 날 용서하셨죠?
맞죠? 날 **이전처럼** 사랑하시죠?

아, 날 사랑해주세요, 날 버리지 말아주세요. 당신을 이 순간도
사랑하고 있으니까요. 당신이 사랑할 가치가 있는 여자니까요.
그럴 자격이 있으니까요……. 내 사랑스러운 친구여! 나는 다음
주에 그 사람에게 시집가요. 그 사람은 나에 대한 사랑을 간직한
채 돌아왔어요. 날 한시도 잊지 않았대요……. 그 사람 얘길 했
다고 화내지는 마세요. 그 사람과 함께 당신을 보러 갔으면 해요.
당신은 그 사람을 좋아하게 될 거예요. 안 그런가요……?

우릴 용서해주세요. 그리고 기억해주시고 사랑해주세요. 당신

의 나스텐카를."

　나는 편지를 오랫동안 반복해서 읽었습니다. 자꾸만 눈물이 나왔습니다. 나중에는 편지를 떨어뜨리고 말았습니다. 나는 두 손으로 얼굴을 감쌌습니다.

　"총각, 총각!"

　마트료나가 말했습니다.

　"왜, 할멈?"

　"천장에 있는 거미줄을 죄다 걷어냈어. 이제 장가가도 되겠어. 손님들도 불러, 이젠……." 나는 마트료나를 쳐다보았습니다……. 아직도 동작이 빠르고 **젊은** 중늙은이였지만 왠지 모르게 갑자기 시선이 흐리멍텅하고 얼굴엔 주름살이 가득한, 허리가 굽고 늙어빠진 할망구로 보였습니다……. 이유는 모르겠지만 내 방 또한 노파만큼이나 늙어버린 것 같은 느낌이 들었습니다. 벽이며 바닥이며 할 것 없이 전부 빛이 바랬고 모든 게 광채를 잃어버렸습니다. 거미줄은 더 많아졌습니다. 창밖을 내다보았을 때 건너편 집 또한 낡고 퇴색한 느낌이 들었습니다. 그뿐만이 아닙니다. 기둥의 회반죽은 떨어져나가고 서까래는 시커멓게 얼룩이 진 데다 군데군데 균열이 생겼고 화사한 진노랑색이던 벽도 얼룩덜룩 색깔이 변해버린 것 같았습니다…….

　갑자기 구름 사이로 햇살이 잠시 비치다가 다시 비구름에 가렸기 때문인지 내 눈에는 모든 게 다시 흐릿해 보였습니다. 아니 어쩌면 눈앞에 나의 미래에 대한 전망이 너무 무뚝뚝하고 침울하게 잠깐 보여서였는지도 모르겠습니다. 나는 정확히 십오 년 후의 내 모습, 지금의 나와 같은 모습을 볼 수 있었습니다. 나이는 먹었지만 여전히 외롭고, 똑같은 방에서 세월이 흘러도 조금도 영리해지지 않은 마트료나와 같이 있는 내 모습을 말입니다.

그러나 만일 내가 받은 모욕을 기억하고 있다면 어떻게 될까, 나스텐카! 눈부시도록 잔잔한 그대의 행복에 먹구름이 드리우도록 한다면, 그대를 통렬히 비난한 후 그대의 심장에 근심이 스며들게 한다면, 그대의 심장을 양심의 가책으로 멍들게 한다면, 그대의 심장을 지극히 행복한 순간에 고통스럽게 뛰도록 만든다면, 그대 스스로 곱게 땋은 머릿단에 꽂은 예쁜 꽃들 중 단 한 송이라도 그대가 그 사람과 함께 제단으로 향할 때 내가 꺾어버린다면……. 아, 아니야, 그럴 순 없어, 절대로! 그대의 행복은 찬란할 거야, 그대의 사랑스러운 미소는 환하고 잔잔할 거야, 그대는 축복받을 거야, 그대는 다른 심장, 외로운 심장, 고마워할 줄 아는 심장에게 일 분의 지극한 행복, 행복을 안겨주었기 때문이야!

오, 하느님! 꼬박 일 분간의 지극한 행복! 인간의 삶 전체에 비춰볼 때 과연 적은 것일까요?

우스운 자의 꿈

1

나는 우스운 인간이다. 사람들은 이제 나를 미친 사람이라고 부른다. 만일 사람들이 보기에 내가 예나 다름없이 여전히 우스운 인간이 아니라면 이건 일종의 승격이라고 할 수 있을 것이다. 그러나 이제 나는 화를 내지 않는다. 사람들 모두 사랑스럽다. 날 비웃어도 왠지 더 사랑스럽다. 사람들을 바라볼 때 그렇게 슬프지만 않다면 나 또한 나 자신을 비웃고 사람들을 사랑하는 마음에서 사람들과 함께 웃을 수 있으련만. 서글픈 건 나는 진리를 알고 있는데 사람들은 모른다는 것이다. 아, 혼자만 진리를 알고 있다는 건 얼마나 힘든지 모른다. 그러나 사람들은 이걸 이해하지 못할 것이다. 아무렴, 이해하지 못하고말고.

예전에 나는 우스운 인간으로 보였기 때문에 마음고생을 심하게 했다. 그렇게 보인 게 아니라 사실 그랬다. 나는 항상 우스운 인간이었는데 내가 알기로는 어쩌면 태어났을 때부터 그러지 않았나 싶다. 내가 우스운 인간이라는 사실을 알았던 건 일곱 살 때였던 것 같다. 이후 난 학교에 들어갔고 대학에서도 공부했지만 공부를 하면 할수록 내가 우스운 인간이라는 사실을 더욱 뚜렷이 알게 되었다. 내가 대학에서 익힌 학문들은 몰두하면 할수록 궁극적으로 내가 얼마나 우스운 인간인가를 나 자신에게 증명하고 또 설명하기 위해 존재하는 것 같았다.

학문에서와 비슷하게 인생에서도 그랬다. 모든 점에서 우스운 나의 몰골에 대한 자각은 해가 갈수록 커져갔고 내 안에서 뿌리를 내렸다. 모든 사람이 항상 날 비웃었다. 그러나 그들 중 그 누구도 만일 이 세상에 내가 우스운 인간이라는 걸 가장 잘 아는 인간이 있다면 그건 바로 나라는 사실을 알지 못했고 또 짐작하지도 못했다. 그들이 이걸 모른다는 게 내겐 무엇보다도 큰 치욕이었다. 그러나 그런 데는 내 잘못이 컸다. 자존심이 너무 강해서 죽어도 다른 사람에게 그걸 고백하고 싶지 않았기 때문이다. 나의 자존심은 해를 거듭할수록 커져만 갔다. 그래서 만일 누가 됐든 다른 사람에게 내가 우스운 인간이라는 걸 고백하는 상황이 벌어진다면 그날 밤으로 그 자리에서 권총으로 내 머리를 날려버리겠다는 생각을 했다.

 아, 어렸을 때 행여 견디다 못해 친구들에게 불쑥 고백할까 봐 얼마나 마음을 졸였는지 모른다. 나이가 들면서 나의 끔찍한 성격에 대한 자각은 더욱 깊어갔지만 동시에 조금씩 마음의 안정을 찾아갔다. 정확한 이유는 지금도 모르겠다. 어쩌면 내 영혼 안에서 나의 존재를 초월하는 상황에 대한 동경이 자라고 있었기 때문인지도 모르겠다. 그것은 세상살이는 **이래도 그만 저래도 그만**이라는 확신이었다. 이미 오래전부터 예견된 것이기는 하나 완전히 확신하게 된 건 뜻밖에도 지난해였다. 세상이 존재하건 안 하건 또 무엇이 어디에 존재하건 안 하건 **나와는 상관없다고** 갑자기 느낀 것이다. 나는 **내 주위에 아무것도 존재하지 않았다는 것을** 절감하기 시작했다. 처음에는 이런 생각에 반해 이전에는 많은 것이 존재했었다고 여겨졌으나 나중에는 딱히 이렇다 할 이유도 없이 단지 그렇게 보였을 뿐 실상은 이전에도 아무것도 존재하지 않았다는 것을 깨닫게 되었다. 나는 점차 진실로 존재하는 것은 절대로 없다고 확신하게 되었다. 그러자 나는 문득 사람들에 대해 화를 내지 않게 되었고 그들을 거의 의식하지 않게 되었다. 이러한 변화는 지극히 사소한 것에서도 나타났다. 한 예로 거리를 걷다가 사람들과 자주 부딪쳤는데 생각에 잠겨서 그런 건 아니었다. 생각할 게 없었으니까. 그 당시에 나는 사유 자체를 완전히 중단한 상태였다. 매사에 관심이 없었다. 해결할 문제들이 있었지만 하나도 해결하지 못했다. 어디 한둘이었나? 아무튼 **나는 만사가 귀찮았다.** 따라서 어떤 문제든 내게서 멀어져갔다.

그러던 어느 날 내게 어떤 일이 일어났다. 그리고 나는 진리를 깨닫게 되었다. 지난 11월, 그러니까 정확히 11월 3일에 나는 진리를 깨달았다. 이후 나는 내 삶의 순간들을 하나하나 기억하고 있다. 어두운, 지극히 어두운 밤, 그렇게 어두울 수 없는 밤이었다. 그날 밤 열시에서 열한시 사이에 집으로 돌아오고 있었는데 돌이켜보건대 그때 나는 그보다 음산한 시간대는 없다고 생각했었다. 음산하긴 사물도 마찬가지였다. 온종일 비가 주룩주룩 내렸다. 지극히 차갑고 음산한 비, 인간에게 노골적으로 적대감을 드러내는, 상당히 위협적인 비였던 것으로 기억된다. 그렇게 내리던 비는 밤 열시에서 열한시 사이에 별안간 뚝 그쳤다. 대신 축축하고 차가운 면에서 비보다 더했으면 더했지 결코 못하지 않은 매서운 습기가 위세를 과시하기 시작했다. 게다가 거리의 돌이란 돌은 모조리, 또 멀리 거리에서 들여다보면 골목이란 골목은 모조리 수증기 같은 것을 내뿜고 있었다. 그러자 문득 가스등이 모두 꺼져버렸으면 좋겠다는 생각이 들었다. 가스등은 이 모든 것을 밝혀 마음을 한층 더 우울하게 할 따름이니까.

그날 나는 식사도 거의 하지 않고 이른 저녁부터 한 엔지니어의 집에 있었는데 그의 친구 두 사람이 동석했었다. 그들은 줄곧 침묵을 지키는 나를 지켜워하는 것 같았다. 그들은 뭔가 도발적인 것에 대해 얘기하다가 갑자기 흥분하기까지 했다. 그러나 내가 보건대 그들은 그걸 별로 마음에 두지 않았다. 그들은 그냥 흥분했을 따름이었다. 나는 그들에게 갑자기 "여러분, 여러분은 만사가 귀찮은 겁니다"라고 말하고 말았다. 그들은 화를 내는 대신 하나같이 그런 나를 보고 웃었다. 그건 내 말 속에서 비난이라고는 찾아볼 수 없었기 때문이었다. 내가 그들을 비난하지 않은 건 오로지 만사가 귀찮았기 때문이었는데 그들 또한 내가 매사에 관심이 없다는 걸 알고 흥겨워했다.

거리에서 가스등에 관해 생각하며 나는 하늘을 바라보았다. 하늘은 지독히 컴컴했지만 흩어진 구름들은 또렷이 식별할 수 있었다. 구름들 사이에는 깊이를 알 수 없는 칠흑 같은 반점들이 점점이 박혀 있었다. 나는 문득 그 반점들 가운데서 작은 별 하나를 발견하고 뚫어져라 쳐다보았다. 그러자 그 생각이 떠올랐다. 그건 자살하겠다는 생각이었다. 나는 바로 그날 밤 이를 실천에 옮기기로 작정했다. 자살하겠다는 생각은 이미 두 달 전에 확고히 굳혔고 쪼들리는 살림이지만 근사한 권총을 구입하여 당일로 실탄을 장전까지 해두었었다. 그러나 두 달이 지나도록 권총은 사용되지 않은 채 서랍에 보관되어 있었다. 어쩐 일인지 적절한

때를 포착하는 데 자꾸 마음이 쓰였던 것이다. 그래서 두 달간 매일 밤 귀가할 때면 '오늘은 일을 저지르는 거야'라고 생각했다. 나는 기회만 노렸다. 그러던 차에 작은 별 하나가 그걸 생각나게 해서 **기필코** 오늘 밤엔 일을 저지르기로 결심하게 된 것이다. 그런데 왜 작은 별 하나가 그걸 생각나게 했는지는 수수께끼다.

  그렇게 하늘을 바라보고 있을 때 여자아이 하나가 내 팔을 붙잡았다. 거리에는 거의 인적이 끊어져 황량함마저 감돌았다. 멀리 보이는 마차에서는 마부가 졸고 있었다. 아이는 여덟 살가량 되어 보였고 스카프를 쓰고 외투도 입지 않은 채 흠뻑 젖어 있었다. 특히 아이의 너덜너덜한, 완전히 젖은 신발에 눈길이 끌렸던 게 지금도 기억에 새롭다. 유독 신발이 눈에 들어왔다. 아이는 갑자기 나를 붙들고 징징대기 시작했다. 울지 않고 무슨 말인가 단속적으로 토해냈다. 하지만 추위에 온몸을 바르르 떨며 제대로 말을 잇지 못했다. 아이는 왠지 겁에 질려 있었고 애타게 "엄마! 엄마!" 하고 불렀다. 나는 마지못해 아이에게 눈길을 주었지만 한 마디 말도 하지 않고 가던 길을 계속 걸었다. 아이는 뒤쫓아와서 나를 붙잡고 계속해서 울부짖었다. 아이의 목소리에는 절망을 뜻하는, 엄청난 일을 당해 놀란 아이들이 내는 절박함이 담겨 있었다. 나는 안다. 아이가 말을 제대로 다 하지 못하더라도 나는 이해할 수 있었다. 어딘가에서 아이의 어머니가 죽어가고 있든가 아니면 무슨 일이 벌어져서 아이는 사람들에게 도움을 청하기 위해 뛰쳐나온 것이었다. 그러나 나는 아이를 따라가지 않았다. 대신 아이를 쫓아버려야겠다는 생각이 불현듯 떠올랐다. 나는 먼저 아이에게 경찰관을 찾아보라고 말했다. 그러자 아이는 갑자기 두 손을 모으더니 흐느껴 울었다. 아이는 가쁜 숨을 몰아쉬고 종종걸음을 치며 내 곁을 따라왔다. 나는 어느 한순간에 발을 쿵 구르며 아이에게 소리를 질렀다. 아이는 "나리, 나리……" 하고 울부짖더니 곧장 거리 맞은편으로 달려갔다. 그곳에 행인 한 사람이 보였는데 그리로 간 모양이었다.

나는 오층으로 올라왔다. 집주인은 이곳에 방을 여럿 세놓고 있었다. 내 방은 조그맣고 초라하며, 창문은 다락방 특유의 반원형 창이다. 방 안에는 방수처리가 된 천을 씌운 소파 하나, 책이 몇 권 놓여 있는 책상 하나, 의자 두 개, 안락의자 하나가 있다. 안락의자는 무척 오래되었지만 곧 죽어도 볼테르 의자[1]이다.

나는 앉아서 촛불을 켜고 생각에 잠겼다. 칸막이 하나를 사이에 두고 옆방에서는 소돔처럼 막가는 광경이 벌써 사흘째 계속되고 있었다. 예비역 대위 한 사람이 살고 있었는데 방문객과 잔치를 벌이고 있었다. 방문객은 모두 여섯으로 별 볼일 없는 인간들이었다. 그들은 보드카를 마시며 낡은 카드로 노름을 하고 있었

---

[1] 머리받이 부분 양쪽이 머리를 넉넉히 감쌀 수 있도록 제작된 안락의자.

다. 그들은 간밤에 싸움까지 벌였는데 두 사람이 서로 머리끄덩이를 잡고 오랫동안 실랑이를 했다. 여주인은 대위에게 항의하고 싶은 마음이 굴뚝같았지만 그가 무서워서 그러지 못했다. 다른 세입자는 지방에서 올라온 키가 작고 마른 부인이다. 부인은 세 아이를 데리고 왔는데 모두 이곳에 살면서부터 앓기 시작했다. 부인과 애들도 대위를 무척 무서워해서 밤새 떨면서 연신 성호만 그었다. 그중 막내아이는 겁에 질린 나머지 경기까지 일으켰다. 이처럼 사람들이 무서워하는 대위지만 내가 아는 한 그는 종종 넵스키 대로에서 행인들에게 구걸하곤 한다. 그는 관직에 진출하지도 못했다. 그런데 신기한 것은(이렇기 때문에 이 얘기를 하는데) 대위가 세들어 산 지 한 달이 되었는데도 나는 그에게 아무런 분노의 감정도 못 느낀다는 것이다. 물론 처음부터 그와 알고 지내는 건 피했다. 대위 자신도 나를 처음 본 순간 재미없어했다. 아무튼 칸막이 저편에서 소리를 지르건 말건, 몇 명이 우글대건 나는 항상 개의치 않았다. 밤새 앉아 있어도 그들 소리가 들리지 않는다. 아예 그들 존재 자체를 잊어버리는 것이다.

사실 난 먼동이 터올 때까지 매일 밤을 지새운다. 벌써 일 년째다. 밤새 책상 옆 안락의자에 앉아 아무것도 안 한다. 독서는 낮에만 한다. 앉아서 무슨 생각을 하는 것도 아니다. 그러나 어떤 생각들이 떠오르면 그냥 내버려둔다. 초는 밤새 다 탄다. 나는 조용히 책상에 앉아 권총을 꺼내 앞에 놓았다. 놓는 순간 스스로에게 '그럼 이제?' 하고 물었던 것으로 기억한다. 그러자 주저하지 않고 스스로에게 '그래'라고 대답했다. 이 권총으로 자살한다는 뜻이다. 나는 내가 그날 밤 자살할 것이라는 걸 알고 있었다. 그러나 얼마나 오래 앉아 있었는가는 알 수 없다. 그리고 만일 그 여자아이가 아니었던들 정말 총을 쏘아 자살했을 것이다.

2

 아시다시피 나는 매사에 의욕이 없었지만 그래도 아픔 같은 건 느낄 줄 알았다. 그러니까 만일 누군가 나를 때렸다면 통증을 느꼈을 것이다. 그건 정신적인 면에서도 마찬가지다. 뭔가 매우 애석한 일이 벌어지면 예전에 매사를 귀찮아하지 않았을 때처럼 정말 안됐다고 생각했을 것이다. 최근에도 연민의 정을 느낀 적이 있다. 그러니까 어린애를 도울 일이 있었으면 틀림없이 도왔을 것이다. 그런데도 '왜 여자아이를 돕지 않았을까?'
 여자아이가 나를 붙잡고 도움을 청했을 때 온갖 상념이 머릿속을 맴돌고 있었다. 그러다 문득 앞에서 말한 의문이 떠올랐는데 도무지 그에 대한 답을 찾을 수가 없었다. 별것도 아닌 물음이었지만 화가 났다. 화가 난 데는 이유가 있었다. 오늘 밤 자살하기로 결심한 마당에 세상에 미련이 남아서는 안 되는데 어째서 세상만사가 귀찮다는 느낌이 들지 않고 또 여자아이가 측은하다는 생각이 드느냐, 바로 그 때문이었다. 뚜렷이 생각난다. 나는 여자아이가 너무나 안됐다고 생각한 나머지 내 처지에서는 있을 수 없는 이상한 아픔까지 느꼈다. 당시의 순간적인 느낌을 제대로 표현하지 못하겠다. 하지만 그때 그 느낌은 집에 돌아와 책상 앞에 앉아도 없어지지 않았다. 나는 전에 없이 화가 치밀었다. 별별 상념이 꼬리를 물고 일어났다. 내가 인간인 이상, 즉 아직 존재하고 또 아직 사라지지 않은 이상, 살아 숨쉬는 존재라면 괴로워하고 화를 내며 또 자신의 행동에 대해 수치심을 느끼는 게 당연하다고 여겨졌다. 맞는 말이다. 하지만 만일 두 시간 후에라도 내가 스스로 목숨을 끊는다면 여자아이나 수치심 또 세상만사가 나와 무슨 상관이 있겠는가? 나라는 존재는 세상에서 아주 사라질 것이다. 나라는 존재가 이제 **완전히** 사라지고 따라서 아무것도 존재하지 않을 것이라는 인식, 이 인식이 과연 여자아이에 대한 연민의 정이나 비겁한 행동을 하고 난 다음 느낀 수치심에 조그만 영향이라도 미칠 수 있겠는가? 내가 발을 구르며 불쌍한 여자아이에게 거칠게 소리를 지른 데는 이유가 있다. 속으로 '난 동정심도 못 느낀다. 이 순간 매정하고 비겁한 짓도 할 수 있어. 왜냐고? 이제 두 시간 후면 모든 게 끝나니까'라고 생각했었기 때문이다. 그래서 소리를 질렀다는 게 믿어지는지? 나는 지금 정말 그게 이유였다고 확신하고 있다.

나는 삶이나 세상은 나의 행동 여하에 달려 있다고 분명히 믿었다. 심지어는 세상이 오로지 나를 위해 창조된 것이라고까지 생각했다. 내가 죽으면 세상 또한 존재하지 않을 테니까. 적어도 내게는 말이다. 내가 죽고 난 다음엔 아마도 아니 정말로 아무것도 존재하지 않을 거라는 말을 굳이 하지 않더라도 세상은 환영처럼 즉시 빛을 잃고 사라지고 말 것이다. 이유는 간단하다. 세상이나 세상 사람들과 나는 하나니까. 그러나 사실은 나의 의식만 사라지고 말겠지.

나는 앉아서 꼬리를 물고 일어나는 이러한 새로운 의문들을 분석하고 있었다. 또 그런 의문들을 연이어 떨쳐내며 새로운 생각을 거듭했다. 예를 들어보겠다. 이런 이상한 생각도 해보았다. '만일 내가 예전에 달이나 화성에서 산 적이 있다면 상상할 수 있는 최악의 창피하고 파렴치한 짓을 저질렀을 것이다. 그 결과 우리가 꿈이나 악몽을 꿀 때 느끼고 상상하는 정도로 심한 욕설과 비난을 한 몸에 받았을 것이다. 그래서 만일 그 후 지구에서 잠이 깨어 다른 혹성에서 한 짓에 대한 자각을 여전히 간직하고 있고 또 그곳으로의 귀환은 절대로 불가능하다는 것을 알고 있다면 지구에서 달을 볼 때 적어도 내게는 **매사가 귀찮지 않겠는가**? 내가 한 짓에 대해 나는 수치심을 느끼겠는가, 느끼지 않겠는가? 사실 권총이 눈앞에 놓여 있는 마당에 그런 의문들은 사소하고 부질없는 것이었다. 나는 내가 분명히 **일을 저지를 거라고** 온몸으로 느끼고 있었다. 그렇지만 의문들이 내 화를 돋우어 미칠 것만 같았다. 뭔가 사전에 해결하지 않고 죽을 수는 없었다.

한마디로 말해서 여자아이가 내 목숨을 구했다. 의문 때문에 자살을 연기했으니까. 대위의 방은 점차 조용해졌다. 그들은 카드 노름을 마치고 지겨운 욕지거리도 멈추고 잠잘 채비를 했다. 그런 가운데 나는 책상 앞 안락의자에 앉은 채 어느덧 잠이 들었다. 예전에 없었던 일이었다. 나 자신도 전혀 의식하지 못한 채 잠이 든 것이다. 잘 알려진 사실이지만 꿈이란 참으로 신기한 것이다. 우리가 시간과 공간을 초월하여 움직일 때 보석상의 정교한 세공품처럼, 꿈은 무서우리만큼 선명히 다가온다. 내 생각에 꿈을 조종하는 것은 이성이 아니라 감성, 머리가 아니라 가슴이 아닐까 한다. 그렇기는 하나 때로 나의 이성은 꿈속에서 아주 교묘한 짓을 하기도 한다! 도저히 이해할 수 없는 일들이 꿈속에서는 일어난다. 예를 들어보겠다.

내 동생은 오 년 전에 죽었다. 그런데 나는 동생을 가끔 꿈속에서 만난다. 동생은 내 문제에 적극적이어서 나와 함께 진지하게 논의한다. 나는 꿈을 꾸면서도 동생이 죽어서 묻혀 있다는 사실을 잊지 않는다. 그러니 그가 죽었음에도 불구하고 여기 내 곁에 앉아 나와 열심히 얘길 한다는 게 어떻게 신기하지 않을 수 있겠는가? 왜 내 이성은 이 모든 현상을 허용하는 걸까? 아무튼 이 얘긴 그만 하겠다. 내 꿈 얘기나 하자. 11월 3일에 꾼 꿈 얘기 말이다. 사람들은 지금 그건 꿈일 뿐이라며 나를 약올리고 있다. 그런데 만일 꿈이 내게 진리를 보여주었다면 꿈인지 아닌지가 뭐 그리 대단한 문제인가? 잠을 자건 깨어 있건 간에 자신이 진리를 깨닫고 똑똑히 보았다면 그 진리 외에 다른 진리는 없고 또 있을 수 없다. 뭐 꿈이라고 해도 좋다. 그렇다고 해두자. 하지만 여러분 모두가 그처럼 높이 평가하는 삶을 나는 자살을 함으로써 마감하려 했었다. 그러나 꿈, 내가 꾼 꿈은, 내게 보여주었다. 새로운 삶, 위대한 삶, 갱생의 삶, 강인한 삶을!

   들어보시라.

3

 나도 모르는 사이에 잠이 들었다는 얘기는 이미 했다. 그때 나는 마치 같은 문제를 계속해서 생각하고 있는 것 같은 느낌이 들었다. 그러다 갑자기 권총을 집어들고 앉은 자세에서 곧장 심장에 겨누었다. 머리가 아니라 심장에 말이다. 그전에 머리, 정확히는 오른쪽 관자놀이를 쏘아 자살하기로 마음먹었는데도. 나는 권총으로 가슴을 겨냥한 후 일이 초가량 기다렸다. 그러자 촛불, 책상, 벽이 갑자기 눈앞에서 요동을 쳤다. 나는 서둘러 방아쇠를 당겼다.
 꿈속에서 우리는 이따금 높은 곳에서 떨어지거나 죽임을 당하기도 한다. 또 얻어맞는 경우도 있다. 그렇지만 그 어떤 경우든

통증을 느끼지는 못한다. 물론 예외도 있다. 바로 실제로 침대에 부딪히는 경우다. 그 경우에는 아픔을 느끼고 아픔 때문에 꿈에서 깨어나게 마련이다. 내 경우는 예외가 아니었다. 나는 통증을 느끼지 못했다. 총을 쏨으로써 내 안의 모든 것이 뒤흔들렸고 모든 게 갑자기 빛을 잃었으며 주위가 칠흑같이 캄캄해졌다는 느낌이 들었다. 눈이 멀고 입이 마비된 것 같았다. 나는 뭔가 딱딱한 것 위에 사지를 벌린 채 누워 있었다. 아무것도 보이지 않았고 손가락 하나도 까딱할 수 없었다. 사람들이 주위를 뛰어다니며 소리를 질렀다. 대위는 굵은 목소리로, 여주인은 날카로운 목소리로 뭔가 말했다. 그러다 갑자기 다시 정적이 찾아오고 사람들은 나를 관에 넣어 운반했다. 나는 관이 흔들리는 걸 느끼며 생각에 잠겼다. 그러자 불현듯 비로소 내가 죽었다는 것, 정말 완전히 사망했다는 것, 나 스스로도 그걸 알고 조금도 의심하지 않는다는 것, 보지도 움직이지도 못하지만 느낌과 생각은 있다는 데 생각이 미쳤다. 하지만 나는 곧 이런 사실을 순순히 받아들이며 꿈에서 으레 그러듯이 체념하고 현실을 인정했다.

 사람들은 나를 땅속에 묻었다. 모두 가버리고 나만 완전히 홀로 남았다. 움직일 수가 없었다. 예전에 내가 무덤에 묻힌다는 생각을 할 때는 무덤은 항상 축축하고 추울 거라고 여겨졌다. 그리고 그 생각은 틀리지 않았다. 너무 추웠다. 특히 발가락 끝이 그랬다.

그러나 그뿐 그 외에 다른 느낌은 없었다.

나는 누워 있었다. 신기한 건 아무것도 기대하지 않았다는 것이다. 나는 죽은 자는 아무것도 기대할 게 없다는 걸 순순히 받아들이고 있었다. 그래도 축축한 건 사실이었다. 얼마나 시간이 흘렀는지 모르겠다. 한 시간, 며칠 아니면 그 이상이 흘렀는지 모르겠다. 어느 날 갑자기 감긴 내 왼쪽 눈에 관뚜껑을 통해 스며든 물방울 하나가 톡 떨어졌다. 잠시 후 또 한 방울, 그리고 또 한 방울. 물방울은 일 분 간격으로 떨어졌다. 그러자 갑자기 깊은 분노가 가슴속에서 끓어올랐고 나는 심장에 물리적인 고통을 느꼈다. '이건 총상이야, 총알이 박혀 있지'라고 생각했다. 물방울은 여전히 일 분 간격으로 감긴 내 왼쪽 눈에 떨어지고 있었다. 나는 불현듯 내게 일어나고 있는 모든 일을 관장하는 절대자에게 호소했다. 움직이는 긴 불가능했으므로 목소리도 낼 수 없었다. 나는 혼신의 힘을 다해 그에게 호소했다.

'당신이 누구든, 당신이 만일 존재한다면 그리고 지금 일어나고 있는 일보다 의미가 있는 그 무엇이 있다면 이곳에 일어나게 하소서. 내가 어리석게도 목숨을 끊었다 하여 나를 추하고 어리석은 존재로 만들어 벌하고 있는 거라면 그대 한 가지는 분명히 알아두소서. 그렇게 해서 겪게 될 그 어떤 고통도 내가 영겁의 세월을 침묵하며 인내해야 할 경멸에는 결코 미치지 못할 겁니다!'

나는 호소를 마치고 침묵을 지켰다. 근 일 분간 깊은 정적이 감돌았고 물방울도 하나 뚝 떨어졌다. 그러나 나는 알고 있었다. 나는 이제 모든 것이 바뀔 것이라고 확신하고 있었다. 그러자 갑자기 거짓말같이 나의 무덤이 열렸다. 정확히 말하자면 나는 무덤이 열린 건지 파헤쳐진 건지 알지 못한다. 분명한 것은 형체를 알 수 없는 어떤 시커먼 존재가 나를 끄집어냈다는 것이다. 우리는 허공으로 떠올랐다. 그러자 나는 갑자기 앞을 볼 수가 있었다. 깊은 밤이었다. 정말이지 그런 암흑은 생전 처음 보았다. 우리는 어느덧 지구로부터 먼 창공을 날고 있었다. 나는 나를 데리고 가는 존재에게 아무런 물음도 던지지 않고 마냥 기다리며 자존심을 지켰다. 나는 내가 두려워하지 않는다고 확신하고 있었고 그런 생각을 하자 너무도 기쁜 나머지 정신이 아득해졌다.

우리가 얼마나 더 날았는지는 기억나지 않는다. 또 꿈속에서 으레 그렇듯이 그 모든 게 우리가 시간과 공간 그리고 존재와 이성의 법칙을 뛰어넘어 심장이 꿈꾸는 지점에 머물렀기 때문에 일어난 일인지는 확신이 서지 않는다. 그러나 갑자기 암흑 속에서 작은 별 하나가 시야에 들어왔던 것은 기억할 수 있다. "시리우스지요?" 나는 아무것도 묻지 않으려 했지만 갑자기 더 이상 참지 못하고 물었다. "아니야. 저건 네가 집에 올 때 구름 사이로 본 바로 그 별이야"라고 나를 데리고 가던 존재가 대답해주었다. 나는 그 존재가 인간의 얼굴 모습을 하고 있는 걸 알고 있었다. 그러나 이상하게도 나는 이 존재가 좋기는커녕 지독히 역겹다는 생각이 들었다. 나는 나라는 존재가 완전히 없어질 것을 기대하며 심장에 권총을 발사했었다. 그런데 지금은 한 존재의 손아귀에 있는 게 아닌가. 물론 인간의 손은 아니지만 어쨌든 엄연히 **있고** 존재하는 것의 수중에 말이다. '그러니까 사후에도 삶은 있는 거군!' 하고 나는 꿈이 갖는 특유의 가벼움을 의식하며 생각했다. 그러나 내 마음속 깊은 곳에서는 다른 생각이 자리 잡고 있었다. '만일 다시 존재하며 또다시 거역할 수 없는 누군가의 뜻에 따라 살아야 한다면 난 패배하고 멸시받으며 살고 싶진 않아!'라고. "당신은 내가 당신을 두려워한다는 걸 알고 있어. 그래서 날 경멸하는 거야"라고 나는 느닷없이 동행하던 존재에게 쏘아붙였다. 나는 실토를 내포하는 이 물음을 더 이상 마음속에 담아둘 수 없었다. 나는 핀으로 찔린 것처럼 가슴속 깊이 모멸감을 느꼈다. 그는 아무런 대꾸도 하지 않았다. 그때 나는 불현듯 느꼈다. 아무도 날 경멸하지 않고 비웃지 않으며 또 불쌍히 여기지 않는다고 말이다. 더불어 우리의 여행은 미지의 신비로운 목적, 오로지 나에게만 해당되는 목적을 가지고 있다고. 그러자 가슴속에 두려움이 커져갔다. 침묵을 지키는 동행자로부터 뭔가가 말없이 고통을 수반하고 내 안에 스며들듯 전해져왔다.

우리는 알 수 없는 칠흑 같은 허공을 날아갔다. 나는 눈에 익숙한 별자리를 바라보는 걸 이미 오래전에 그만두었었다. 나는 수천 년, 수백만 년이 걸려서야 그 빛이 지구에 닿는 별들이 있다는 것을 알고 있었다. 어쩌면 그런 별들이 있는 공간을 우린 이미 지나왔는지도 모른다. 나는 무던히도 마음을 괴롭히는 불안 속에서 뭔가를 기다리고 있었다. 그리고 문득 친숙하고 지극히 편안한 느낌이 들었다. 갑자기 우리 태양이 시야에 들어온 것이다! 나는 그것이 **우리** 지구를 낳은 **우리** 태양일 리는 없다는 것, 우린 우리 태양으로부터 엄청나게 멀리 떨어진 곳에 있다는 것을 알고 있었다. 그러나 나는 어찌된 영문인지 아무튼 그것이 우리 태양과 똑같은 우리 태양의 복사판, 분신이라는 것을 깨달았다. 달콤하고 아늑한 환희의 느낌이 나의 영혼을 가득 채웠다. 나를 낳은 빛, 그 빛의 생명력이 나의 심장을 채우며 심장의 부활을 재촉했다. 나는 숨이 끊어진 후 처음으로 다시 삶, 예전의 삶을 느낄 수 있었다.

 "만일 저게 태양, 우리 태양과 완전히 똑같은 태양이라면 지구는 도대체 어디에 있는 거야?" 하고 나는 외쳤다. 동행자는 어둠 속에서 에메랄드빛을 발하고 있는 조그만 별 하나를 가리켰다. 우리는 곧장 그리로 날아갔다.

 "우주에선 정말 이렇게 반복이 가능한 거야? 정말 그런 게 자연의 법칙이냐고? 만일 저게 우리 지구와 똑같은 지구라면……. 정말 우리 지구와 완전히 똑같은 불행하고 가엾은 지구, 그렇지만 소중하고 우리가 영원히 사랑하는 지구, 버르장머리없는 자기 자식에게까지도 고통스러운 사랑을 심어주는 우리 지구야?" 하고 나는 외쳤다. 나는 떠나온 옛 고향 지구를 향한 억제할 수 없는 사랑의 기쁨에 전신이 저려왔다. 내가 모욕을 준 가엾은 여자아이의 모습이 눈앞에 어른거렸다.

"다 알게 될 거야"라고 동행자는 대꾸했다. 그런 그의 목소리에는 슬픔 같은 게 배어 있었다. 우리는 혹성에 다가갔다. 혹성은 눈앞에서 자꾸만 커져갔다. 대양, 유럽의 윤곽을 구별할 수 있었다. 그러자 갑자기 뭔가 위대하고 성스러운 질투 같은 희한한 감정이 엄습해왔다. '어떻게 이처럼 비슷한 반복이 가능한 거지? 이유가 뭐야? 내가 사랑하고 사랑할 수 있는 지구는 오로지 내가 떠나온 지구, 배은망덕한 내가 심장에 총을 쏘아 생명을 끊을 때 튄 핏자국이 남아 있는 지구뿐이야. 난 그 지구에 대한 사랑을 결코 멈춘 적이 없어. 결코. 지구를 떠나던 그날 밤에도. 모르긴 몰라도 그 어느 때보다 더 고통스러워하며 사랑했었어. 이 새로운 지구에도 고통이 있을까? 우리 지구에서는 오로지 고통을 수반하며 또 오로지 고통을 통해서만 진정한 사랑을 할 수 있으니까! 우린 달리 사랑하는 법을 몰라. 다른 사랑도 모르고. 사랑하기 위해 내가 원하는 건 수난이야. 지금 이 순간 내가 원하고 간구하는 건 하나야. 내가 떠나온 지구, 바로 그 지구에 눈물을 철철 흘리며 입맞추고 싶어. 다른 지구에선 살고 싶지 않아, 싫다고!'

동행자는 어느새 나를 두고 사라져버렸다. 나는 갑자기 나도 모르는 새 다른 지구에서 낙원처럼 밝고 고운 한낮의 햇빛을 받으며 서 있었다. 내가 서 있던 곳은 우리 지구에서 에게 해를 구성하는 수많은 섬들 중 하나였거나 아니면 에게 해에 인접한 대륙의 해변 어딘가였던 것 같다. 모든 게 지구와 똑같았다. 그러나 지구와는 달리 마치 경축일이나 위대하고 성스러운 승리를 축하하는 것처럼 사방이 눈부시게 빛나는 것 같았다.

부드러운 에메랄드빛 바다는 조용히 해변을 어루만지며 다분히 의도적으로 사랑을 과시하듯 입을 맞추고 있었다. 높이 잘 자란 나무들은 화사한 꽃을 뽐내며 서 있었고 무성한 잎사귀들은 단언하건대 마치 사랑의 밀어를 속삭이듯 조용하고 사랑스럽게 사각사각 소리를 내며 내게 인사를 건넸다. 풀밭은 화사하고 향기로운 꽃들로 붉게 물들어 있었다. 새들은 무리를 지어 하늘을 날고 있었고 더러 내가 무섭지도 않은지 어깨며 팔에 앉아 좋아서 앙증맞게 날갯짓을 했다. 그러다 마침내 이 행복한 지구의 사람들이 시야에 들어왔고 나는 그들을 알아보았다.

그들은 내게 다가와서 날 둘러싸고 키스했다. 태양의 자식들,

자기들의 태양의 자식들. 아, 그들은 너무도 선량한 사람들이었다! 우리 지구에서 만난 사람 가운데 그런 아름다움을 가진 사람은 없었다. 비록 거리가 있고 희미하기 이를 데 없지만 어쩌면 갓 태어난 우리 자식들에게서나 이런 아름다움의 그림자를 발견할 수 있을까. 이 행복한 사람들의 눈은 밝게 빛나고 있었다. 그들의 얼굴에서는 지혜와 평정의 경지에 다다른 의식이 빛을 발하고 있었다. 그런 그들의 얼굴은 기쁨으로 가득했다. 그들의 말이나 목소리에는 천진난만한 기쁨이 배어 있었다.

나는 처음 그들의 얼굴을 보는 순간 즉시 모든 걸 깨달았다. 모든 걸! 그건 원죄로 더럽혀지지 않은 지구였다. 그곳에는 죄를 짓지 않은 사람들이, 온 세상 사람들이 대대로 전해들은 이야기에 따르면, 죄를 지은 우리 조상들이 죄를 짓기 전에 살았던 바로 그 낙원과 똑같은 낙원에서 살고 있었던 것이다. 차이가 있다면 하나밖에 없었다. 이곳은 지구 전체가 낙원이라는 것이다. 사람들은 밝게 웃으며 다가와서 나를 어루만졌다. 그들은 나를 자기 집으로 데리고 가서 저마다 나를 진정시키고자 했다. 아, 그들은 나에게 아무것도 묻지 않았다. 그들은 이미 다 알고 있는 것 같았다. 그들은 내 얼굴에서 한시바삐 고통의 그림자를 지워버리고 싶어 했다.

4

다시 다 그렇고 그런 것 같은가? 그렇다. 꿈이었을 뿐이라 해도 좋다. 하지만 순진무구하고 착한 그 사람들의 사랑은 내 안에 영원히 남아 있다. 난 느낀다. 그들의 사랑은 지금도 그곳으로부터 나에게 쏟아지고 있다. 나는 내 눈으로 똑똑히 그 사람들을 보았다. 또한 그 사람들을 사귀었고 그 사람들의 존재를 확인했다. 그리고 그 사람들을 사랑하게 되었고 그 때문에 나중에 괴로워했다. 아, 나는 그때 즉시 깨달았다. 많은 점에서 나는 그들을 이해하지 못할 거라는 걸 말이다. 예를 들어보겠다. 현대 러시아 진보주의자인 나, 추한 페테르부르크인인 내게 수수께끼로 비쳤던 것은 그들이 아무리 많이 알고 있어도 우리의 과학까지는 모르고 있었다는 점이다. 그러나 나는 곧 깨달았다. 그 사람들의 지식은 우리 지구인들과는 다른 통찰에 바탕을 두고 채워졌으며 형성되었다는 것을. 그렇기 때문에 그들이 지향하는 것은 우리와 달랐다. 그들은 아무런 욕심도 없었다. 때문에 마음의 평정을 유지하고 있었다. 그들이 삶을 인식하고자 노력하는 방식은 우리와 달랐다. 이유는 간단하다. 그들의 삶은 이미 충만된 것이었다. 그렇지만 그들의 지식은 우리 과학보다 훨씬 더 깊고 뛰어났다. 이유를 말하겠다. 우리의 과학은 삶이 무엇인가 해명하고자 한다. 그리고 사람들에게 살아가는 법을 가르치기 위해 삶이 무엇인지 인식하고자 무던히도 노력한다. 이에 반해 그들은 과학의 힘을 빌리지 않고도 어떻게 살아야 하는지 알고 있었다. 그건 이해할 수 있었다. 그러나 그들의 지식을 이해하는 데는 실패했다. 나는 그들이 나무를 바라보며 보여준 사랑의 깊이를 헤아릴 수 없었다. 그들은 자신과 유사한 존재들과 얘기하는 것 같았다. 세상에 나무와 얘기를 한다니! 어쩌면 내 생각이 틀렸는지도 모른다. 그런데 그게 아니었다. 그들은 나무들의 언어를 알아냈다. 그리고 단언하건대 나무들을 이해했다. 그런 식으로 그들은 자연을 바라보았다. 동물들도 그들과 평화롭게 살았다. 동물들은 그들의 사랑에 이미 감복하고 있었다. 그들은 별들을 가리키며 뭔가 얘기를 해주었지만 나는 이해할 수 없었다. 잘은 모르겠지만 나는 그들이 단지 생각만이 아니라 그 어떤 생명의 길을 통해 그 별들에 닿아 있다고 확신한다.

아, 그들은 내가 자기들을 이해해주길 기대하지 않았다. 그들을 이해하지 못해도 나를 아껴주었다. 나는 그들 또한 결코 나를 이해하지 못할 거라는 걸 알고 있었다. 그래서 그 사람들에게 지구에 관한 말은 거의 하지 않았다. 나는 그들이 지켜볼 때 대지에 키스하며 말없이 그들을 찬미했다. 그들은 나를 끔찍이 사랑했기 때문에 내가 그렇게 하도록 내버려두었다. 그들은 내가 자기네들을 찬미했다고 해서 특별히 부끄러워하지는 않았다. 그들이 어떠한 사랑으로 내게 응답할지 내심 기뻐하면서 이따금 눈물을 흘리며 그들의 발에 키스했을 때 그들은 나를 불쌍히 여기지도 않았다. 가끔 나는 놀라워하며 자문했다. '어떻게 이 사람들은 한 번도 나 같은 사람을 멸시하지 않고 시기나 미움 같은 감정을 불러일으키지 않을 수 있을까?' 나는 무수히 나 자신에게 물었다. '어떻게 나같이 자기 자랑이 심하고 거짓말을 밥 먹듯 하는 사람이 내가 알고 있는 것에 대해 아무런 말도 하지 않았을까? 물론 그들은 내가 알고 있는 걸 전혀 이해하지 못하지. 어떻게 그들을 내가 알고 있는 것으로 놀라게 할 생각도 안 했을까? 단지 그들이 좋아서라도 그랬을 법한데' 하고 말이다.

그들은 어린애처럼 생기가 넘쳤고 마냥 즐거워했다. 그들은 아름다운 숲을 누비며 아름다운 노래를 불렀다. 그들의 식량은 나무 열매, 숲에서 나오는 벌꿀, 우유와 같이 소박한 것이었다. 그들은 별로 힘들이지 않고 먹을 것과 입을 것을 얻었다. 물론 그들도 사랑을 해서 아이들이 태어났다. 그러나 내가 보건대 그들에게는 우리 지구에서 거의 누구나 겪는 그런 **잔인한** 욕정의 발작은 없었다. 사실 욕정은 우리 인간이 저지르는 모든 죄악의 유일한 원천일 것이다. 그들은 태어나는 아이들을 자신들의 행복에 동참하는 신입자로 여기며 기뻐했다. 그들은 서로 다투지도 질시하지도 않았다. 그들은 그런 단어의 뜻도 모르고 있었다. 그들은 한가족이었다. 때문에 태어나는 아이는 모두의 자식이었다. 그들은 별로 아프지 않았다. 그러나 그들에게도 죽음은 찾아왔다. 그렇지만 노인들은 자신을 둘러싸고 있는 이들 하나하나에게 축복을 내리며 미소를 지었고, 그런 연후 마치 잠이 들듯 평화롭게 숨을 거두었다. 그런 노인에게 주위에 서 있던 이들은 밝은 미소로 작별인사를 했다. 그런 과정에서 나는 그들이 슬퍼하거나 눈물을 흘리는 것을 본 적이 없다. 그들의 얼굴에는 오히려 환희에 가까운 애정이 나타나 있었다. 환희? 그래, 그것은 관조로 충만된 고요한 환희였다. 나는 깨달았다. 그들은 이승에서의 일체감이 저승에서도 이어진다고 믿고 있었던 것이다. 그렇기 때문에 그들은 죽은 이를 사후에도 멀리하지 않았다. 내가 영원한 삶에 대해 물었을 때 그들은 내 말을 이해하지 못했다. 그렇지만 그들이 본능적으로 그런 질문은 논외라고 확신한다는 것은 분명했다.

그들에게 사원은 없었다. 그렇지만 그들에게는 우주와 자신들은 하나라는 지속적이고 살아 있는 믿음이 있었다. 그들에게 신앙은 없었다. 그 대신 이승에서의 기쁨이 자연적인 한계에 도달하면 산 자나 죽은 자나 우주와의 관계가 보다 돈독해지는 시점이 올 거라고 굳게 믿고 있었다. 그들은 그 순간을 기뻐하면서 기다리고 있었다. 그렇다고 해서 그 순간을 재촉하거나 동경하지는 않았다. 다만 이심전심으로 그러한 순간을 예감하고 있는 것 같았다. 밤마다 잠자리에 들면서 그들은 화음이 기막힌 노래를 함께 불렀다. 그들은 저물어가는 하루해가 자신들에게 불러일으키는 온갖 감정을 노래에 담아 하루해를 찬미했고 하루해와 이별했다. 그들은 자연, 대지, 바다 그리고 숲을 찬미했다. 그들은 서로에 관한 노래를 짓기 좋아했고 어린애처럼 서로 칭찬했다. 이런 그들의 노래는 지극히 소박한 것이었지만 가슴에서 우러났기 때문에 심금을 울렸다. 아, 그들은 노래만 부르며 살지는 않았다. 그들은 오로지 평생 서로 아끼며 살아가는 사람들 같았다. 그들 모두 완전히 서로 사랑에 빠진 상태였다. 그들이 부르는 축가라든가 환희의 노래들은 도무지 알아들을 수 없었다. 이 말은 단어 자체는 이해할 수 있었지만 단어에 담긴 깊은 의미는 이해할 수 없었다는 뜻이다. 단어들의 의미는 내 머리로는 이해할 수 없는 것이었지만 부지불식간에 점차 가슴속 깊이 파고들었다.

　내가 그들에게 자주 한 말은 다음과 같다. "나는 이 모든 걸 이미 오래전에 예감하고 있었다. 이 모든 기쁨과 영광은 내가 아직 우리 지구에 있었을 때 가끔 견딜 수 없는 슬픔으로 번지기까지 한 그리움을 통해 내게 전해졌다. 나는 나의 심장이 꿈꾸고 나의 이성이 환상에 젖어들 때 이 모든 것 그리고 그 영광을 예감할 수 있었다. 나는 자주 우리 지구에서 눈물이 없이는 저무는 해를 바라볼 수 없었다……. 그리움은 항상 내가 우리 지구에서 사람들에 대해 가졌던 미움과 연관이 있었다. 왜 사람들을 사랑하지 않는데 미워할 수 없는 걸까? 사람들을 향한 나의 사랑 속에는 그리움이 자리하고 있는데 난 왜 사람들을 용서하지 못하는 걸까? 왜 사람들을 미워하지도 않는데 사랑하지 못하는 걸까?" 그들은 내 말을 듣고는 있었지만 이해하지는 못했다. 상상을 할 수 없었던 것이다. 그러나 나는 그들에게 속얘기를 털어놓은 걸 후회하지 않았다. 그들은 내가 버리고 온 사람들을 얼마나 그리워하는지 이해하고 있었던 것이다. 그렇다. 그들이 사랑이 가득 담긴 눈으로 나를 바라보고 그들과 함께 있는 내 마음 또한 그들의 마음처럼 순정해지고 바르게 되는 게 느껴지자, 나는 그들을 이해하지 못한다고 해서 안타까워하지 않게 되었다. 충만된 삶이 무엇인지 알게 된 나는 숨이 막힐 것 같았다. 나는 그들을 위해 말없이 기도했다.

 아, 지금 내 주위 사람들은 나를 노골적으로 비웃고 있다. 그들은 아무리 꿈속이라 하더라도 지금 얘기처럼 그렇게 자세한 것까지 내가 본다는 건 불가능하고, 꿈에서 보았건 느꼈건 간에 그건 비몽사몽간에 내 마음속에서 우러난 한낱 느낌일 뿐이며 세부 이야기들은 잠에서 깨어난 후 내가 꾸며낸 것이라고 우기고 있다. 내가 아마도 정말 그랬을 거라고 순순히 동의하자 그들은 배꼽을 잡고 웃어댔다. 그들은 꽤나 좋아했다. 물론 날 압도했던 것은 꿈의 느낌뿐이었고 그 느낌만이 상처 받아 피흘리는 내 마음속에 남아 있었다. 그럼에도 불구하고 꿈속의 형상이라든가 모습 즉, 내가 꿈을 꿀 때 정말 본 것들은 지극히 조화롭고 충만된 것이었고 또 지극히 매혹적이고 아름다웠으며 진실된 것이었다. 그래서 잠에서 깨어난 후에도 나는 꿈에서 본 것들을 무기력하기 짝이 없는 우리의 언어로 재현할 엄두를 못 냈다. 그 결과 그것들은 내 머릿속에만 남아 있어서 아마도 나중에 무의식중에 세부적인 것들을 지어낼 수밖에 없지 않았나 싶다. 물론 가능하면 조금이라도 빨리 다른 사람들에게 얘기해주고 싶은 욕망에 사로잡혀 변형시키긴 했을 것이다. 그렇지만 그 모든 게 사실이었다는 내 말을 왜 믿지 않는 걸까? 어쩌면 내가 얘기하는 것보다 수천 배나 더 좋고 밝으며 기쁜 이야기일 텐데도 말이다. 좋다. 다 꿈이었다고 치자. 그렇지만 엄연히 내 기억 속에 남아 있는 사실들을 부정할 수는 없는 노릇이 아닌가.

한 가지 비밀을 털어놓겠다. 그 모든 건, 어쩌면 꿈이 아니었을지도 모른다! 왜냐고? 두려움이 느껴질 정도로 진실된 것, 꿈에서는 도저히 일어날 수 없는 일이 일어났으니까. 내가 꾼 꿈은 내 마음이 빚어낸 것이라고 치자. 하지만 내 마음이 과연 나중에 내가 알게 된 그 끔찍한 진실을 빚어낼 수 있었을까? 어떻게 나 홀로 그 진리를 생각해내거나 마음속으로 꿈꿀 수 있었겠는가? 어떻게 보잘것없는 내가 변화가 심하고 내세울 것 없는 내 머리로 진리의 발견이라는 경지에 도달할 수 있었겠는가! 아, 스스로 판단해보시라. 나는 지금까지 숨겨왔다. 하지만 이제는 나머지 진실도 모두 얘기하겠다. 그건, 내가…… 그들 모두를 타락시켰다는 것이다!

5

 그렇다. 내가 그들 모두를 타락시킨 걸로 얘기는 끝났다! 어떻게 그런 일이 일어날 수 있었는지 이유는 모른다. 다만 일어난 사실 자체는 뚜렷이 기억한다. 꿈은 수천 년을 가로질러 날아가면서 내 안에 전체적인 느낌만을 남겨놓았다. 한 가지 분명한 것은 원죄의 근원이 나였다는 것이다. 혐오스러운 선모충,[2] 국가 전체를 감염시키는 페스트균처럼 나는 '나'라는 존재를 통해 내가 오기 전에는 그토록 행복하고 순정했던 땅을 오염시키고 말았다. 그들은 거짓을 배우고 거짓을 좋아하게 됐으며 거짓의 아름다움을 깨달았다. 아, 그건 어쩌면 **악의 없는** 농담이나 희롱, 사랑놀이

---

2 사람이나 돼지에 기생하는 벌레.

로부터 시작되지 않았나 싶다. 아니 사실은 어쩌면 세균이 원인이었는지도 모르겠다. 이 거짓의 세균은 그들의 심장에 파고들었고 그들은 그게 싫지 않았던 것이다. 그다음엔 순식간에 욕정이 태어났고 욕정은 질투를 낳았으며 질투는 잔인함을 낳았다…….

아, 언제였는지 모르겠다. 생각나지도 않는다. 아무튼 첫 번째 유혈극이 일어나기까지는 많은 시간이 걸리지 않았다. 그러자 그들은 깜짝 놀라 겁을 먹고 뿔뿔이 흩어지기 시작했다. 단체가 생겨났다. 그러나 그들은 이미 자기들끼리도 서로 적대적인 태도를 취하고 있었다. 사람들은 서로를 비난하고 책망하기 시작했다. 그들은 수치심이 뭔지 알게 되자 이를 덕목으로 끌어올렸다. 명예의 관념이 생겨나자 단체들은 저마다 자기들만의 기치를 높이 들었다. 그들은 동물을 학대하기 시작했다. 그러자 동물들은 그들을 피해 숲으로 달아났고 그들의 적이 되고 말았다. 분리, 격리, 개성, 내 것, 네 것을 위한 싸움이 시작되었다. 그들은 여러 가지 언어로 말하기 시작했다. 그들은 슬픔이 무엇인지 알게 되자 슬픔을 좋아하게 되었다. 그들은 진리는 오로지 고난을 통해 얻어진다고 하며 고난을 갈구했다. 그때 그들에게 과학이 생겨났다. 그들은 악해지자 형제애와 박애정신에 대해 얘기하기 시작했고 그 의미가 무엇인지 알게 되었다. 그들은 죄를 저지르며 정의를 생각해냈고 이를 지키기 위해 수많은 법규를 만들어냈으며 법규를 수호하기 위해 단두대를 세웠다.

 그들은 자신들이 상실한 것이 무엇이었는지 거의 기억하지 못했고 자기들이 언젠가 순진무구하고 행복했다는 사실을 믿으려 들지 않았다. 그들은 자신들이 예전에 누렸던 행복이 다시 가능하다고 믿길 거부하며 가능성 자체를 비웃었다. 그들은 그러한 가능성 자체를 미망이라고 불렀다. 그들은 이 행복이 어떤 형태였는가 또 어떤 모습이었는가 상상하지도 못했다. 그런데 참으로 신기하고 경이롭기도 하지. 예전의 행복을 꾸며낸 이야기라 부르며 그에 대한 온갖 믿음을 상실했으면서도 그들은 다시 천진스럽고 행복해지기를 원했다. 그 결과 그들은 자신의 심장이 갈구하는 것 앞에 어린애처럼 엎드렸고 이 갈망을 신성시했으며 무수한 사원을 지었다. 그러고는 그들 자신의 사상, '갈망'을 위해 기도하기 시작했다. 동시에 그들은 자기네들의 소원, 갈망이 결코 실현되거나 충족될 수 없다는 것을 잘 알고 있었다. 그럼에도 불구하고 그들은 눈물을 흘리며 그러한 소원, 욕구를 신처럼 떠받들고 그 앞에 머리를 조아렸다. 그러나 만일 그들이 이젠 잃어버리고 없는 예전의 천진하고 행복한 상태로 돌아갈 수 있다면, 그래서 누군가 그들에게 그러한 상태를 보여주며 다시 예전의 상태로 돌아가고 싶으냐고 묻는다면 그들은 아마도 싫다고 했을 것이다. 그들은 내게 이렇게 말했다. '우리가 거짓되고 악하며 정의

롭지 않아도 그냥 내버려두시게. 우리도 **알고 있으니까**. 우리도 그게 서럽다네. 그래서 괴로워하며 우리 자신을 학대하고 있네. 어쩌면 우리를 심판하게 될 이름조차 모르는 자비로운 심판관보다 더 우릴 벌하고 있네. 하지만 우리에게는 과학이 있다네. 과학을 통해 다시 진리를 찾을 것이네. 과학의 방법론은 다분히 인식론적일세. 지식은 감정보다 우위에 있고, 삶을 인식한다는 것은 삶 자체보다 더 높은 위치에 있다네. 과학은 우리에게 지혜를 줄 걸세. 지혜는 법률을 제정할 걸세. 그리고 말일세, 행복의 법칙을 안다는 것, 이것이야말로 행복 자체보다 고상한 걸세.'

그렇게 말하고는 저마다 타인보다 자신을 더없이 아꼈다. 그들은 달리 행동할 수 없었던 것이다. 그들은 저마다 질투심에 가득 차 타인의 인격을 모독하고 위축시키는 데 혼신의 힘을 쏟았다. 그리고 그걸 인생의 목표로 심았다. 노예제도가 생겨났고 자진해서 노예가 되는 이들도 나타났다. 약자들은 기꺼이 강자들에게 예속되었다. 자신들보다 더 약한 이들을 억압하는 데 강한 자들의 도움을 얻기 위해서였다. 그러자 정의로운 이들이 등장했다. 그들은 이들을 찾아가서 눈물을 흘리며 이들의 오만함, 절도와 조화의 상실, 수치심의 상실에 대해 언급했다. 사람들은 이런 이들을 비웃거나 돌로 쳐죽였다. 사원의 문턱에 성스러운 피가 뿌려졌다. 그러자 어떻게 하면 사람들이 계속해서 저마다 자기를 누구보다도 아끼면서 동시에 타인에게 피해를 주지 않을 수 있을까, 또 어떻게 하면 모든 사람이 조화로운 사회에서 살 수 있을까 생각하는 이들이 나타났다. 바로 이 생각 때문에 무수한 전쟁이 일어났다. 전쟁의 당사자들은 저마다 과학, 지혜 그리고 자기보존 욕구가 궁극적으로는 인간들을 하나의 조화롭고 현명한 사회로 통합시켜줄 것이라고 굳게 믿었다. '현자'들은 그러한 사회를 앞당기기 위해 자신들의 생각을 이해하지 못하거나 '무지한 자들'을 신속히 제거하는 데 총력을 기울였다. 그들은 이들이 자기네 생각의 승리에 걸림돌이 될 것을 우려했던 것이다. 그러나 자기보존 욕구는 빠른 속도로 약해져갔고 전부를 얻든가 아니면 전부를 잃든가를 직선적으로 요구하는 오만하고 음탕한 이들이 나타났다.

사람들은 전부 다 얻기 위해 악행도 마다하지 않았다. 그리고 그게 실패로 끝나면 자살을 감행했다. 무無를 추구하고 무無에서 영원한 안식을 얻기 위해 자기파괴를 설파하는 종교들도 등장했다. 이윽고 사람들은 헛되이 공을 들이는 데 지치기 시작했고 얼굴은 고통으로 일그러졌다. 그러자 이들은 오로지 고통만이 의미가 있다며 고통은 아름다운 것이라고 설파하기 시작했다. 그들은 노래를 통해서 고통을 찬미했다. 나는 두 손을 모아 빌며 이들 사이를 돌아다녔다. 나는 그들을 위해 눈물을 흘렸다. 나는 그들을 사랑했다. 아마도 그들의 얼굴에 고통의 흔적이 나타나기 전, 그들이 천진하고 아름다웠을 때보다 더 사랑했을 것이다. 나는 그들로 인해 더럽혀진 그들의 지구를 한때 낙원이었을 때보다 더 사랑했다. 그건 그곳에 슬픔이 등장했기 때문이었다. 아, 나는 항상 슬픔과 비탄을 좋아했었다. 그러나 그건 오직 나 자신을 위한 것이었다. 그런 내가 그들을 위해 눈물을 흘리고 그들을 안쓰럽게 여기다니. 나는 절망에 빠져 자신을 질책하고 저주하고 또 경멸하면서 그들을 향해 손을 내밀었다. 그리고 그 모든 건 내 책임일 뿐만 아니라 오로지 나 혼자 책임질 일이고, 내가 그들에게 타락, 전염병 그리고 거짓을 가져왔다고 말했다. 나는 그들에게 십자가를 만드는 방법을 가르쳐줄 테니 제발 나를 십자가에 못 박아 처형하라고 애원했다. 나는 스스로 목숨을 끊지 못했다. 아니 그럴 힘이 없었다. 그렇지만 그들로부터 고통을 받고 싶었다. 나는 고통을 갈망했다. 나는 고통 속에 마지막 한 방울까지 피를 흘리고 싶었다. 그러나 그들은 그런 나를 비웃기만 했다. 그러다 나중에는 나를 신들린 자로 취급하기 시작했다. 그들은 내게 면죄부를 주며 자기들은 자신들이 원한 것을 받아들였을 뿐이고 지금 일어나고 있는 모든 것은 필연이라고 말했다. 나중에는 내가 그들에게 위험 인물이 되었으니 입을 다물 것을 종용했다. 그렇지 않으면 정신병원에 집어넣겠다고 하면서. 그러자 가슴속에 견딜 수 없는 슬픔이 차올라 심장이 오그라드는 것 같았다. 나는 죽음이 임박했음을 느꼈다. 그리고 그쯤에서……. 그렇다, 그쯤에서 나는 깨어났다.

벌써 아침이었다. 하지만 날이 밝아온 건 아니었다. 다섯시에서 여섯시 사이가 아니었나 싶다. 제정신이 들었을 때 나는 안락의자에 앉아 있었다. 초는 끝까지 다 탔고 대위의 방에 있던 사람들은 잠에 곯아떨어졌다. 주위는 우리가 사는 셋집에서는 드물게 조용했다.

내가 맨 먼저 한 일은 깜짝 놀라 벌떡 일어난 것이었다. 비록 사소한 일이지만 예전에 이와 비슷한 일은 결코 일어난 적이 없다. 또 안락의자에 앉아 잠이 든 적도 한 번도 없었다. 일어서 있다가 정신이 들자 갑자기 실탄이 장전되어 발사 준비가 끝난 권총이 눈에 들어왔다. 그러자 단숨에 권총을 밀쳐버렸다. 아, 이젠 사는 거야, 그래 사는 거야! 나는 두 손을 들고 영원한 진리에 큰 소리로 호소했다. 아니다, 호소하지 않았다. 울음을 터뜨렸다. 환희, 끝없는 환희에 몸이 떠오르는 것 같았다. 그래, 살면서 전도하는 거야! 나는 그 순간 평생을 전도에 바치기로 결심했다. 전도하러 가리라, 전도하리라. 무엇을? 진리를. 내 눈으로 똑똑히 보았으니까. 진리의 온 영광을!

그때 이후로 나는 전도하고 있다. 한마디 더 하자면 나는 나를 비웃지 않는 사람들보다 비웃는 사람들을 더 사랑한다. 내가 왜 이러는지 난 알 수도 설명할 수도 없다. 그러나 그냥 그렇게 두도록 하자. 사람들은 내가 지금도 그릇된 길을 가고 있다고 말한다. 그렇지만 지금도 그릇된 길을 가고 있다면 앞으로는 어떻게 될까? 진실은 이렇다. 나는 그릇된 길을 가고 있다. 어쩌면 앞으로 상황이 더 나빠질지도 모른다. 그리고 물론 어떻게 전도하는 것이 좋을까 즉, 어떤 낱말들을 사용하고 무슨 일을 해야 전도를 잘할 수 있을까 생각하며 방법을 찾는 가운데 몇 번씩이나 그릇된 길을 또 가게 될 것이다. 사실 전도를 제대로 하기란 쉬운 일이 아니다.

 나는 지금 이 모든 걸 훤히 꿰뚫어보고 있다. 그렇지만 세상에 그릇된 길을 가지 않는 사람이 어디 있는가? 그렇기는 해도 사람들은 모두 같은 곳을 향해 가고 있다. 적어도 현자로부터 시작해서 진짜 강도에 이르기까지 지향하는 바는 같다. 가는 길만 다를 뿐이다. 이건 오랜 진리다. 하지만 새로운 건 내가 그리 잘못된 길을 가는 건 아니라는 것이다. 또 그럴 수도 없다. 왜냐? 나는 진리를 보았기 때문이다. 나는 사람들이 지상에서 살아가는 능력을 잃지 않고서도 선하고 행복할 수 있다는 걸 보아서 알고 있다. 나는 악이 인간의 정상적인 상태라고 믿고 싶지 않을뿐더러 믿을 수도 없다. 그러나 사람들은 나의 그러한 믿음을 비웃는다. 하지만 어떻게 그 믿음을 저버릴 수 있겠는가. 진리를 보았는데 말이다. 그건 이성을 통해 얻은 진리가 아니다. 그건 눈으로 직접 본 진리다. 그 진리의 살아 있는 형체는 내 영혼을 영원히 가득 메웠다. 나는 진리를 충만된 전체로서 보았다. 때문에 인간에게 그게 존재하지 않는다고는 믿을 수 없다. 그러니 어떻게 내가 그릇된 길을 갈 수 있겠는가? 물론 몇 차례 옆길로 가기야 하겠지. 그리고 아마 생소한 낱말들을 써가며 말하기도 하겠지. 하지만 오랫동안 그러지는 않을 것이다. 내가 본 것의 살아 있는 형체는 항상 나와 함께하며 나를 올바른 길로 인도하고 가르칠 것이다.

아, 지금 나는 생생하고 힘이 철철 넘친다. 나는 걷고 또 걸을 것이다. 천년도 마다하지 않고. 처음에 나는 내가 그 사람들 모두를 타락시킨 걸 숨기려 했다. 하지만 그건 잘못이었다. 벌써 첫 번째 잘못을 저지르고 말았다. 진리는 내게 **거짓말을 하고 있다고** 귀띔하며 나를 지켜주고 바로잡아주었다. 그렇지만 어떻게 낙원을 건설해야 하는지는 모르겠다. 말로써 전달하는 방법을 모르기 때문이다.

꿈을 꾸고 난 후 나는 말에 대한 감각을 상실하고 말았다. 적어도 중요한 어휘라든가 가장 필요한 어휘들은 다 잊어버리고 말았다. 하지만 그건 그대로 두자. 그래도 나는 사람들에게 다가가서 쉴 새 없이 말하련다. 왜냐하면 비록 내가 본 걸 말로써 전달할 줄은 모르지만 어쨌든 눈으로 똑똑히 보았으니까. 그런데도 날 비웃는 사람들은 이걸 이해하지 못하고 '꿈꾼 거야. 그런데도 직접 보았다고 착각하는 거야. 헛소리야. 환각이라고' 하고 우긴다. 나 원 참! 그러고도 현자라고 할 수 있겠는가? 오만하기는! 꿈이라고? 그래 꿈이 뭔데? 우리 인생은 꿈이 아닌가? 한마디 더 하겠다. 그게, 그게 절대로 실현되지 않고 낙원도 있을 수 없다고 치자(정말 이건 나도 이해할 수 있다!). 그래도 어쨌든 나는 전도할 것이다. 문제는 정말 간단하다. 중요한 건 자기 자신을 사랑하듯이 남들도 사랑하는 것이다. 바로 이것이다. 다른 건 필요없다. 그러면 단 하루, 단 **한 시간 만에** 모든 게 제자리를 찾게 될 것이다! 뭘 어떻게 해야 하는지 알게 된다. 이건 수십억 년간 되풀이되고 읽혀온 오랜 진리다. 하지만 사람들은 이 진리를 마음속 깊이 새기지 않았다! 그러고는 '삶을 인식한다는 것은 삶 자체보다 높은 위치에 있다. 행복의 법칙을 안다는 것은 행복 자체보다 고상하다'고 주장하고 있다. 바로 이러한 주장과 맞서 싸워야 한다. 나는 그렇게 할 것이다.

만일 모든 사람이 원하기만 한다면 모든 건 즉시 제자리를 찾게 될 것이다.

그 조그만 여자아이를 찾아냈다……. 난 그애에게 갈 것이다! 가겠다!

역자 후기

인간에 대한 연민

오늘날 우리는 '인간의 소외와 고독'이라는 풀기 어려운 과제를 안고 있다. 냉정히 생각해보면 이것은 어제오늘에 생겨난 문제가 아니다. 예전부터 있었지만 그 정도가 지금에 비해 약했을 따름이다. 무엇이 우리를 '군중 속의 고독'으로 내모는가. 아마도 도시화, 산업화에 따른 물질문명의 확산일 것이다. 여기에는 정도의 차이는 있을지언정 우리 사회와 유럽, 미국 등 선진사회의 구분이 따로 없다.

이 점에서 도스토옙스키의 「백야」 그리고 「우스운 자의 꿈」은 우리에게 많은 것을 생각하게 한다. 현대사회가 안고 있는 문제점을 도스토옙스키는 150여 년을 거슬러 올라간 1800년대 중반에 러시아 수도 페테르부르크를 배경으로 제시하고 있기 때문이다. 그가 이 두 작품에서 묘사하고 있는—자기 안에 몰입하는 것 외에 다른 선택의 여지가 없는 인간, 절망적인 현실을 견디다 못해 자살을 결심하나 꿈을 통해 진리를 깨닫는—인간의 모습은 우리에게 우리 자신과 우리 주위를 돌아보게 한다. 그리고 어떻게 해야 우리 사회, 아니 현대사회가 안고 있는 문제점을 해결할 수 있는지 그 방법을 제시하고 있다. 그것은 다름 아닌 '인간에 대한 연민'의 회복이다.

「백야」와 「우스운 자의 꿈」은 도스토옙스키가 각기 1848년, 1877년에 발표한 중편소설이다. 바꿔 말하면 앞의 작품은 작가가 창작생활을 하던 초기에 쓴 것이고, 뒤의 작품은 창작생활이 절정에 달한 말기에 쓴 것이다. 그럼에도 불구하고 두 작품은 공통점을 많이 지니고 있다. 도스토옙스키가 일관되게 추구한 것이 무엇이었는가를 시사하는 부분이다.

「백야」에서 강조되고 있는 것은 페테르부르크라는 인위적으로 건설된 대도시에서 화려한 생활을 영위하는 귀족들과는 달리 세인의 관심 밖에서 초라하게 하루하루의 삶을 이어가는 이른바 '소시민' 또는 '작은 인간들'의 애환이다. 이 작품보다 앞서 발표된 「가난한 사람들」에서 드러난 작가의 휴머니즘은 여기서도 여실히 나타난다. 주인공과, 주인공에게 사흘간 설레는 사랑의 감정을 맛보게 해준 여주인공은 가난하고 외롭기 이를 데 없는 사람들이다. 그러나 그들에게도 여느 사람들과 한데 어울려 살고 싶은 꿈이 있고, 기쁨과 슬픔 같은 감정도 있다. 그러나 대도시는 이들에게 그런 꿈을 펼칠 기회를 주지 않는다. 따라서 주인공은 꿈을 통해 현실을 극복하고자 애써보지만 진정한 극복은 불가능하다. 그가 서 있는 곳은 바로 현실이고 꿈은 사라지기 때문이다. 그가 공상, 꿈의 세계를 대변한다면 그에게 일순간이나마 사랑의 희열을 체험하게 해주는 여주인공 나스텐카는 현실을 대변한다. 그녀가 그에게 사랑의 감정을 느끼며 함께 미래를 꿈꾸는 것도 잠깐, 그녀는 결국 나타난 약혼자의 품으로 돌아가기 때문이다. 이 점에서 그녀는 「가난한 사람들」의 여주인공 바르바라와 흡사하다. 바르바라 또한 주인공 마카르의 애정을 외면하고 현실적인 삶을 보장하는 남자에게 자신의 운명을 내맡기기 때문이다. 「백야」의 주인공은 「가난한 사람들」의 주인공 마카르와는 여러 면에서 다르다. 그는 무엇보다도 공상에서 위안을 찾는 '꿈꾸는 인간'이다. 반면에 마카르는 뚜렷한 직장이 있고 꿈을 꾸지 않는다. 두 사람 모두 사랑하는 여성을 떠나보내고 비통해하지만, 마카르의 슬픔이 끝없는 좌절과 후회라면 「백야」의 주인공의 슬픔은 일순간이나마 행복을 맛보게 해준 여성에 대한 고마움으로 승화된 '절제된 슬픔'이다. 주인공은 이렇게 말한다. "오, 하느님!

꼬박 일 분간의 지극한 행복! 인간의 삶 전체에 비춰볼 때 과연 적은 것일까요?" 사랑을 베풀기보다는 받는 데, 자신에게 마음의 상처를 입힌 이를 용서하기보다는 복수하는 데 익숙한 현대인이 새겨봄직한 말이다.

「우스운 자의 꿈」은 『죄와 벌』이 발표된 지 약 십 년 후, 『카라마조프가의 형제들』이 쓰이기 이 년 전에 발표된 작품이다. 도스토옙스키는 『죄와 벌』에서 시험한 '잘사는 세상'의 개념을 「우스운 자의 꿈」에서 확대하여 묘사한다. 또한 인간에 내재하는 감성, 이성 그리고 신성은 『카라마조프가의 형제들』에 이르러 각기 드미트리, 이반, 알료샤가 대표하게 된다. 도스토옙스키가 「우스운 자의 꿈」에서 각별히 강조하는 것은 과학 만능주의, 이성 만능주의에 대한 경고다. 그가 묘사하는 '제2의 지구'의 타락 과정은 사실은 지구의 타락 과정과 같고 정이 넘치던 우리 전통사회의 붕괴 과정과 비슷하다. 주인공을 '현대 러시아 진보주의자' '추한 페테르부르크인'으로 설정한 것도 다분히 의도적이다. 과학의 논리대로라면 그는 행복한 삶을 영위해야 하건만 실상은 그렇지 않다. 그는 이성에 의존하여 살아가던 삶을 무의미하다고 보고 자살을 결심하는 것이다. 그런 그가 간과한 것은 바로 자신에게도 '연민', 양심이 살아 있었다는 사실이다. 바로 그 점을 그는 현실에서는 한 어린 소녀에게서 깨닫고 꿈에서는 자신이 타락시킨 이들에게서 깨닫는다. 이를 현대인에 대입시켜도 크게 어긋나지 않을 것이다. 불만에 싸인 채 삶에서 보람을 찾지 못하는 이들이 어디 한둘인가. 눈높이를 낮추면 주위에 도움을 필요로 하는 이들이 즐비하건만 보고서도 보지 못한다.

「백야」와 「우스운 자의 꿈」을 통해 도스토옙스키가 궁극적으로 역설하는 것은 불행한 우리 이웃에 대한 '연민' '동정' '사랑'이다. 그가 볼 때 지상의 낙원은 특별한 게 아니다. 바로 서로 아끼고 사랑하는 사회인 것이다. 때문에 그는 우리 모두 자기 자신보다 남을 더 아껴야 한다고 주장하고 있다. 그렇다면 어떻게 해야 자신보다 남을 더 아끼는 마음이 생긴다는 말인가? 이에 대한 답도 도스토옙스키는 제시하고 있다. 「우스운 자의 꿈」에서 그는 "우리 모두 마음만 먹으면 모든 게 즉시 제자리를 찾게 되는 것이다"라고 외친다. 도스토옙스키가 하고 싶었던 말, 작품의 주인공을 통해 하고 싶었던 말은 "그런데 그게 그렇게도 어렵단 말인가?"가 아닐까. 만일 오늘을 살아가는 우리 그리고 앞날을 살아가게 될 우리의 후손 역시 이와 같은 절규를 되풀이한다면 과연 우리는 무엇에 기대를 걸 수 있을 것인가…….

도스토옙스키 연보

1821년   10월 30일 군의관인 아버지 미하일 안드레예비치 도스토옙스키와 상인의 딸인 어머니 마리야 표도로브나 도스토옙스키의 둘째아들로 모스크바에서 출생.

1833~37년   모스크바의 한 기숙학교에서 수학.

1837년   어머니 사망. 형 미하일과 함께 페테르부르크로 이주.

1838년   페테르부르크 육군 공병학교 입학. 호메로스, 발자크, 위고, 호프만, 괴테, 실러 등의 작품에 영향을 받음.

1839년   아버지 사망.

1841년   임관.

1843년   육군 공병국으로 전출. 희곡 〈마리아 스튜어트〉〈보리스 고두노프〉집필. 발자크의 「외제니 그랑데」, 상드의 「최후의 알디니」번역.

1844년   전역과 동시에 전업 작가 생활 시작. 문학평론가 벨린스키, 작가 네크

라소프와 교유.

1846년　처녀작 「가난한 사람들」 「분신」 「프로하르친 씨」 발표.

1847년　「아홉 통의 편지로 된 소설」 「여주인」 발표.

1848년　「백야」 「폴준코프」 「정직한 도둑」 「크리스마스 트리와 결혼식」 발표.

1849년　「네토치카 네즈바노바」 발표. 페트라솁스키 사건에 연루되어 구속. 사형 언도를 받고 모의 처형을 거쳐 4년간의 시베리아 유형에 처해짐. 장교에서 사병으로 강등됨.

1850~54년　시베리아 유형 생활(옴스크).

1854~56년　세미팔라틴스크에서 사병으로 복무. 군 서기의 아내 마리야 이사예바와 만남.

1856년　장교 신분 회복.

1857년　사별한 마리야 이사예바와 결혼.

1859년　병역을 마치고 페테르부르크로 귀환. 「아저씨의 꿈」 「스테판치코보 마을」 발표.

1861년　「학대받고 멸시받는 사람들」 「죽음의 집의 기록」 발표. 형 미하일과 잡지 《브레먀(시대)》 간행, 1963년까지 계속.

1862년　유럽 여행(파리, 런던, 제네바, 이탈리아 등지). 런던에서 망명 작가 게르첸과 교유.

1863년　유럽 여행(비스바덴, 파리, 이탈리아 등지).

1864년　「지하생활자의 수기」 발표. 아내 마리야 사망. 형 미하일 사망.

1865년　유럽 여행. 비스바덴에서 도박에 중독. 「악어」 발표.

1866년　『죄와 벌』 「도박사」 발표

1867년　속기사 안나 스니트키나와 재혼. 1871년까지 유럽 여행(제네바, 드레스

덴, 피렌체).

1868년　《루스키 베스트니크(러시아 통보)》에『백치』연재.

1870년　「영원한 남편」발표

1871년　페테르부르크로 귀환.《루스키 베스트니크》에『악령』연재.

1873년　잡지《그라쥬다닌(시민)》편집장으로 재직.

1875년　「미성년」발표.

1876년　《그라쥬다닌》에『작가일기』연재, 1881년까지 계속.

1877년　「우스운 자의 꿈」발표. 러시아 학술원 러시아어 문학 분야 객원회원으로 선출.

1878~80년　『카라마조프가의 형제들』발표.

1881년　페테르부르크에서 폐질환으로 사망